D1432638

Une hirondelle en Amazonie

À contre-courant, roman
Sylvie-Catherine De Vailly

De l'autre côté du miroir, roman
Sylvie-Catherine De Vailly

Entre elle et lui, roman
Sylvie-Catherine De Vailly

L'Amour dans la balance, roman
Sylvie-Catherine De Vailly

Le Concours Top-model, roman
Corinne De Vailly

Trop jeune pour toi, roman
Sylvie-Catherine De Vailly

L'Exilée, roman
Héloïse Brindamour

Une histoire de gars, roman
Sylvie-Catherine De Vailly

Une hirondelle en Amazonie

par Lisandra Lannes

Catalogage avant publication de Bibliothèque et Archives nationales du Québec et Bibliothèque et Archives Canada

Lannes, Lisandra

Une hirondelle en Amazonie
(Collection Intime)
Pour les jeunes de 10 ans et plus.
ISBN 978-2-89568-356-8
I. Titre. II. Collection.

PS8623.A698H57 2007 jC843'.6 C2007-941347-1
PS9623.A698H57 2007

Les personnages mentionnés dans ce livre ainsi que leur nom sont entièrement fictifs. Toute ressemblance avec des personnes ou noms réels n'est que pure coïncidence.

Remerciements

Les Éditions du Trécarré reconnaissent l'aide financière du gouvernement du Canada par l'entremise du Programme d'aide au développement de l'industrie de l'édition (PADIÉ) pour ses activités d'édition. Nous remercions le Conseil des Arts du Canada et la Société de développement des entreprises culturelles du Québec (SODEC) du soutien accordé à notre programme de publication. Gouvernement du Québec – Programme de crédit d'impôt pour l'édition de livres – gestion SODEC.

Grille de la couverture : Kuizin Studio Communication
Couverture : Chantal Boyer
Illustration de la couverture : Christine Battuz
Carte de l'Équateur : Aska Suzuki
Mise en pages : Guillaume Binns

ISBN : 978-2-89568-356-8

Dépôt légal – Bibliothèque et Archives nationales du Québec et Bibliothèque et Archives Canada, 2007

Imprimé au Canada

Éditions du Trécarré
Groupe Librex
La Tourelle
1055, boul. René-Lévesque Est
Bureau 800
Montréal (Québec) H2L 4S5
Tél. : 514 849-5259
Téléc. : 514 849-1388

Distribution au Canada
Messageries ADP
2315, rue de la Province
Longueuil (Québec) J4G 1G4
Téléphone : 450 640-1234
Sans frais : 1 800 771-3022

À mes parents,
amoureux de voyages.

Chapitre 1

Un rêve d'évasion

— Magdalena, dépêche-toi d'aller servir le client ! Combien de fois faut-il te répéter que tu dois aller au-devant des clients et leur proposer de les aider à trouver ce qu'ils veulent !

Ma patronne me faisait inlassablement ces mêmes remarques depuis que je travaillais chez Soho. Aussi, je m'empressais d'aller au-devant du client en me mordillant les lèvres.

— Bonjour, est-ce que vous cherchez quelque chose en particulier ?

— Non, merci. Je regarde.

C'était presque toujours la même réponse, mais ma patronne ne voulait pas comprendre que parfois les clients aiment prendre leur temps et qu'on les laisse tranquilles.

J'étais vendeuse chez Soho, une boutique de vêtements branchée du boulevard Saint-Laurent, depuis près de quatre mois. Le travail ne m'intéressait pas vraiment, mais mon salaire allait me permettre de réaliser un rêve d'enfance. Je n'avais qu'une seule idée en tête : TRAVAILLER POUR VOYAGER. Et là, il ne me restait plus que trois petites semaines à tenir avant d'annoncer ma démission officielle. Je ne tenais plus en place et j'avais déjà le sourire aux lèvres rien que d'y penser.

— Magdalena, tu peux prendre ta pause.

Ma patronne m'accordait quinze minutes de grâce.

— Je sors prendre l'air ! ai-je acquiescé.

Je me suis assise, les jambes en tailleur, sur le trottoir d'en face. J'ai croqué la première bouchée de mon sandwich au thon et me suis mise à songer à mon voyage en Amazonie. J'avais toujours rêvé de partir dans la jungle équatoriale sans vraiment connaître les raisons de ce réel engouement. Pourquoi l'Amazonie et pas une autre destination ? Je ne saurais le dire, mais j'avais la certitude que le voyageur curieux débarquant en cette région de l'Amérique du Sud devait ressentir l'appel de la grande évasion. En Amazonie, le rêve devait forcément être immense.

J'ai fermé les yeux et j'ai commencé à réfléchir au sens de ce voyage ; un voyage que certains membres de ma famille jugeaient plutôt insensé.

— Je ne comprends vraiment pas ce que tu veux aller faire en Amazonie. Il n'y a pas d'eau courante, pas d'électricité, aucun confort. Si tu veux rencontrer des « Indiens », tu n'as pas besoin d'aller si loin, décréta ma vieille tante Isa avec un air inquiet, et même désespéré.

— Tu ne peux pas comprendre, lui ai-je répondu en levant les yeux au ciel, pour éviter d'avoir à m'expliquer, car je n'avais pas vraiment d'arguments raisonnables pour justifier le choix de ma destination.

En fait, le mot Amazonie est associé à de nombreuses images dans mon esprit. L'Amazonie évoque la touffeur, la torpeur et les bruissements non identifiables d'un monde qui paraît immobile, mais qui foisonne de toutes les formes de vie. Les nombreux reportages et documentaires diffusés sur les chaînes de télévision parlent toujours de cette nature exubérante et ouvrent la plupart du temps une fenêtre sur de vastes paysages exotiques. Dans les livres, l'Amazonie apparaît comme un monde mystérieux propice au rêve et à l'évasion par sa faune variée et sa flore luxuriante, et par l'omniprésence des esprits de la nature. Les contes et légendes équatoriennes font souvent référence à Amazanga : le plus puissant des esprits de la nature. Qui est Amazanga ?

En y réfléchissant bien, l'envie de partir en Amazonie m'est venue à la suite d'un reportage d'*Ushuaïa nature* sur la pulpe d'acérola que nous avons visionné en famille, un dimanche soir. L'acérola est un fruit qui ressemble à une cerise. Son goût acidulé et agréable permet de le consommer sous forme de jus. La pulpe qui en est extraite possède de nombreuses vertus énergisantes. Elle est aussi utilisée dans la composition de déodorants pour femme, dont le déodorant justement nommé Ushuaïa à la pulpe d'acérola d'Amazonie. J'ai probablement dû faire une association inconsciente entre les vertus extraordinaires de la pulpe d'acérola en tant que plante, arôme et parfum fruité d'Amazonie, et mon rêve de voyage.

Contrairement à ma tante Isa, ma petite sœur Lina approuvait entièrement ce voyage. Elle aurait d'ailleurs beaucoup aimé faire partie de l'expédition, mais je tenais à y aller seule. Elle savait bien que ce n'étaient pas les restrictions de notre vieille tante qui allaient m'empêcher de partir. Lina était ma plus grande complice.

— Est-ce que je peux venir avec toi ?

— Nous aurons d'autres occasions de voyager ensemble… Je promets de t'écrire.

— Tu détestes écrire !

— C'est vrai ! Mais, parfois, je fais des exceptions ! Je te raconterai mon voyage dans les moindres détails. Je te livrerai mes impressions sur chaque fait vécu. Tu seras ma confidente…

Mon père, lui, ne cherchait pas à en connaître davantage sur les motifs de mon voyage en Amazonie. Il comprenait parfaitement mon désir de partir et n'avait nullement besoin de facteurs explicatifs pour justifier l'entreprise d'un tel voyage. J'ai hérité de son âme d'aventurier, et cela fait sa plus grande fierté. Il essayait d'expliquer à ma tante comment l'Amazonie avait captivé de nombreux conquérants et qu'elle continuait de susciter à l'heure actuelle l'intérêt de nombreux explorateurs. Il était donc tout à fait normal que je m'y intéresse à titre personnel.

— L'Amazonie n'a-t-elle pas émerveillé les conquistadors espagnols du XVIe siècle, les *seringueros*, les prospecteurs de métaux, les orpailleurs, les exploitants agricoles et les aventuriers opportunistes attirés par les mirages d'une fortune rapide ?

— Les Espagnols sont des barbares et les « Indiens » sont des sauvages ! s'exclama ma tante, indignée. Je ne comprends pas qu'une jeune fille de dix-sept ans parte toute seule en Amazonie ; qu'elle quitte son milieu et sa famille pour aller chez les sauvages ! Tu te prends pour l'héroïne d'un de tes romans d'aventure !

L'histoire de la conquête espagnole lui glaçait le sang, car ses ancêtres espagnols avaient été impliqués dans le massacre des Amérindiens. Je présume qu'elle devait garder un profond sentiment de culpabilité. Les efforts de mon père pour la rassurer étaient d'avance voués à l'échec. Ma tante était tellement bornée qu'elle resterait, de toute façon, enfermée dans ses principes conservateurs.

— Ta tante Isa n'approuve pas ce voyage pour la simple raison que… Elle pense encore que les femmes doivent rester à la maison à s'occuper des tâches domestiques et être disponibles pour leur famille. Elle ne comprend pas vraiment le besoin d'indépendance dont tu fais preuve. Tu sais, elle est d'une autre génération, me confia mon père.

— Qu'est-ce qu'elle peut être vieille école !

Je ne pars quand même pas à la conquête de l'or, dis-je en faisant la moue.

— Je sais bien, ma fille. Qu'est-ce que tu recherches, exactement ?

Je ne répondis pas tout de suite, car je ne savais pas vraiment que rétorquer et ne voulais pas le décevoir. Après un instant de réflexion, mon père trouva une explication tout à fait plausible.

— Je crois bien que tu es en quête d'émotions fortes. Tu veux vivre ta jeunesse intensément. Tu ne peux supporter l'idée de manquer quelque chose et d'être rongée par un sentiment de regret. Tu es bien la fille de ton père !

En quelque sorte, l'Amazonie représentait pour moi aussi une forme d'eldorado : mon eldorado qui s'était façonné par l'entremise de contes et de légendes amazoniennes. Ces récits, empreints de magie et de fantastique, me fascinaient et m'avaient permis de me familiariser avec la culture autochtone au fil de mes lectures. Je me rapprochais de plus en plus de cette contrée lointaine au fur et à mesure que les jours passaient, et il me tardait de partir à la rencontre d'Amazanga.

— Magdalena ! Qu'est-ce que tu fabriques ?

Tu n'as pas encore terminé ton lunch ? C'est fini, les quinze minutes de pause !

Ma patronne avait le don d'interrompre mes rêveries solitaires en me rappelant brusquement à l'ordre.

— Oui, j'arrive tout de suite.

J'ai éclaté de rire. Mon sandwich au thon était resté dans ma main droite et la mayonnaise dégoulinait le long de mon bras. J'avais complètement oublié de manger et il fallait déjà que je retourne travailler. Heureusement, je ne m'étais pas tachée.

Chapitre 2

Les préparatifs du voyage

La date de mon départ approchait à grands pas. Je me trouvais dans un état d'excitation permanent. J'étais tellement fébrile que je n'arrivais même plus à me concentrer sur ce que je faisais. J'avais tout simplement délaissé mes responsabilités et mis de côté la principale tâche qui m'avait été assignée au travail. Mes ventes étaient en baisse constante et mes commissions sur les ventes ne me rapportaient presque plus, ce qui n'était pas très encourageant. Ma patronne commençait à se poser de sérieuses questions sur mon efficacité. Je l'ai entendue se plaindre auprès de la gérante du magasin.

— Magdalena n'est plus très productive, au travail, ces derniers temps. Je ne sais pas ce qui lui arrive : elle rêvasse sans cesse.

— Elle est peut-être amoureuse…

— Peut-être, mais ce n'est pas une raison. Tu crois qu'on devrait la garder ?

Ma patronne s'était bel et bien trompée à mon égard, car je n'étais amoureuse de personne. J'étais beaucoup plus préoccupée par les préparatifs de mon voyage que par les impératifs de vente. Je voulais que tout se déroule à la perfection. J'avais pris le soin d'écrire une petite liste de choses à faire avant mon départ pour être certaine de ne rien oublier. Cette liste fut baptisée « Amazanga » en l'honneur de mon grand voyage. J'avais ordonné mon agenda de façon très méthodique : les priorités devançaient les préférences.

J'aurais évidemment préféré commencer par boucler ma valise, mais il fallait d'abord me rendre à la Clinique des voyageurs d'Outremont. J'angoissais déjà à l'idée de recevoir plusieurs vaccins. J'avais gardé un très mauvais souvenir de ma dernière prise de sang. Je m'étais évanouie rien qu'en m'asseyant dans la salle d'attente. L'aiguille de la seringue n'avait pas cessé de me hanter. Ma mère avait pourtant essayé de me rassurer à plusieurs reprises. J'entendis à l'instant même sa voix qui me résonna dans la tête : « Il est primordial que tous tes vaccins soient en règle avant que tu partes. Je te promets que tu ne sentiras qu'une simple piqûre de moustique. Souviens-toi : mieux vaut prévenir que guérir. » Comme toutes les mamans, elle était très prévoyante et ne pouvait accepter l'idée qu'il m'arrive malheur.

Ne souhaitant pas qu'elle me couve davantage, je me suis donc rendue d'un pas décidé, mon carnet de santé sous le bras, à la Clinique des voyageurs de l'avenue Van Horne, où j'ai été accueillie par la réceptionniste.

— Bonjour ! Je voudrais savoir quels sont les vaccins nécessaires pour l'Amazonie !

— Avez-vous votre carnet de santé, s'il vous plaît ? Donnez-moi deux petites secondes, que je consulte le Livre des voyageurs. Alors, vous devez vous faire vacciner contre le tétanos, la coqueluche, l'hépatite A, l'hépatite B et la fièvre jaune. Ici, nous ne faisons pas de vaccin contre la fièvre jaune.

— Et où puis-je me faire vacciner contre la fièvre jaune ?

— Vous devez vous rendre à la Clinique tropicale de l'Université McGill. Je vous prie de bien vouloir patienter dans la salle d'attente. L'infirmière devrait vous recevoir d'une minute à l'autre.

J'ai tout de suite prévenu l'infirmière de mon appréhension et de ma peur d'avoir mal.

— Je suis très douillette ! Est-ce que vous pourriez faire doucement, s'il vous plaît ?

— Ne vous inquiétez pas. Tout ira bien. Je vais mettre un peu de glace sur votre épaule droite. Et j'ai en plus une excellente nouvelle à vous annoncer ! Vous ne recevrez que deux vaccins au lieu de quatre, car il existe désormais des vaccins combinés : DTCa pour la diphtérie, le tétanos et la coqueluche anticellulaire et Twinrix pour les hépatites A et B.

Deux au lieu de quatre, c'était une bonne nouvelle, mais je ne me sentais pas plus rassurée pour autant.

— Détendez-vous. Ça va ?

— Oui, ça va.

J'avais la voix tremblotante.

— Ça y est. C'est fini. Alors ?

— Mon épaule est tellement gelée que je n'ai pratiquement rien senti, lui répondis-je, me sentant un peu ridicule d'avoir fait toute une histoire pour rien.

— Plus de peur que de mal, hein ?

L'infirmière m'a prescrit plusieurs médicaments. « Vous devez vous procurer des comprimés : du Malarone, du Gravol, du Tylenol, de l'Imodium et du Cipro, un antibiotique. » Elle m'a expliqué qu'il n'existait encore aucun vaccin pour prévenir le paludisme. « Vous devez donc prendre les comprimés de Malarone sur une base quotidienne. La Malarone est l'un des médicaments les plus chers sur le marché, mais c'est celui qui procure apparemment le moins d'effets secondaires. » J'étais un peu perdue avec les noms de tous ces médicaments, mais d'après ce que j'ai pu comprendre, le Cipro est censé remplacer l'Imodium en cas de diarrhée incontrôlable après une infection alimentaire.

L'infirmière m'a également conseillé d'acheter du Microdin, une solution contenant de l'iode. « Quelques gouttes suffisent pour assainir l'eau et nettoyer les aliments sur place. Vous verrez, cela ne prendra que quelques minutes d'attente. » Elle m'a fortement recommandé d'apporter du Muskol ainsi qu'une lotion calmante en cas de démangeaisons. Je me suis soudain rappelé que le Muskol était utilisé pour éloigner les insectes par les amateurs de chasse et pêche au Québec. À ce moment précis, je me suis imaginée naviguer sur un fleuve boueux d'Amazonie.

◎⌒—⌒◎

Ma seconde priorité consistait à me rendre au bureau des passeports. J'y suis allée à la première heure pour m'épargner les kilomètres de queue et gagner du temps. Je me suis dirigée vers l'agent en lui tendant avec beaucoup d'entrain mon formulaire de demande de passeport dûment rempli.

— Bonjour, monsieur l'agent ! Je vais avoir mon premier passeport ! J'ai la chance de prendre l'avion pour la première fois !

J'étais tellement fière ! Je sentais que la vie était douce et légère ! Je lui ai présenté mon autorisation parentale de sortie de territoire avant même qu'il ne me la réclame. Mes parents avaient fini par accepter de la signer, après maintes tergiversations, puisque je n'étais pas loin d'être majeure. J'aurais dix-huit ans au mois de mai prochain.

— Bonjour, mademoiselle, me répondit l'agent, le sourire aux lèvres. Vous avez été plus rapide que moi. J'allais justement vous la demander.

— Combien de temps cela va prendre ?

— Mmm… Normalement, pas plus de sept jours ouvrables.

Selon les dires de l'agent, je n'avais besoin d'aucun visa particulier pour me rendre du Canada en Équateur, ce qui, à mon plus grand bonheur, raccourcissait les délais administratifs.

Ma mère n'avait pas manqué de me formuler ses recommandations avant que je me rende au bureau des passeports. Je ne les mentionnerai pas toutes, car elles se chiffrent au nombre de mille et se calculent à la puissance infinie ! « Tu dois avoir une photocopie de ton passeport avec toi en tout temps. Tu dois impérativement prendre en note les coordonnées de l'ambassade du Canada et du consulat canadien en Équateur et les garder constamment sur toi en cas d'ennuis. » J'avais la ferme impression que ma mère voyait des problèmes partout et qu'elle appréhendait souvent le pire, ce qui avait le don de m'irriter. Elle me répétait souvent que lorsque j'aurais des enfants, je comprendrais qu'elle ne voulait que mon bien et me préserver de tout ennui qui pouvait m'arriver.

J'étais à présent en train de me retenir d'acheter sur-le-champ mon billet d'avion Montréal-Quito-Montréal. « Magdalena, contrôle-toi », me répétais-je sans cesse. Mon empressement devenait de plus en plus difficile à contenir. Je devais cependant suivre les bons conseils de ma maman qui me disait de me comporter de façon raisonnable et d'attendre le moment opportun. Je devais en conséquence d'abord regarder les meilleurs prix avant de procéder à la réservation, puis à l'achat du billet d'avion.

J'avais déjà convenu de mon itinéraire en Équateur avec Nelson, mon ami équatorien. Nous devions d'abord traverser une partie des Andes et de l'Amazonie en nous rendant de Quito à Puyo, pour ensuite nous diriger vers le centre-sud de l'Amazonie, de Puyo à Sarayaku. Je ne connaissais pas plus les détails de notre parcours que le moyen de transport à utiliser pour nous déplacer d'une ville à l'autre. J'aime garder une place à l'imprévu : organiser sans trop planifier. Je faisais entièrement confiance à Nelson, qui s'occupait de tout. L'effet de surprise serait d'autant plus grand, ce qui me réjouissait.

Certaines personnes ne font confiance aux autres qu'avec le temps, ce qui est contre ma nature. J'avais l'habitude de faire confiance aux gens assez rapidement et ils n'avaient pas besoin de la gagner. Je ne peux cependant pas dire que j'ai une confiance aveugle en tout le monde. En revanche, quiconque me trahissait un jour ou l'autre perdait ma confiance à jamais. J'ai le flair pour distinguer les bonnes personnes des mauvaises et je me trompe rarement. Nelson est quelqu'un de bien. Je crois en l'avenir.

J'avais gardé le meilleur pour la fin, sans pour autant attendre la dernière minute. J'allais enfin préparer mes bagages. « La cerise sur le *sundae* ! » Je devais minimiser la charge, puisque j'avais l'intention de me déplacer plusieurs fois à l'intérieur du pays. J'hésitais entre prendre une valise ou un sac à dos. J'ai finalement choisi ma valise à roulettes. Elle avait l'avantage de rouler, contrairement au sac à dos qu'il fallait porter.

J'avais prévu d'emporter le strict minimum de vêtements pour faire face aux caprices de la météo : un coupe-vent, deux pantalons, deux pantacourts, trois shorts, trois chandails, huit tee-shirts... Trois paires de chaussures devraient suffire. Mes vieilles chaussures de sport, mes sandales beiges et mes gougounes en plastique feraient l'affaire. Je laissais à regret mes nouvelles chaussures à talons aiguilles que j'avais tellement hâte de porter, mais qui n'auraient vraiment pas été pratiques dans la jungle…

J'ai sorti mon appareil photo, un ancien Reflex de Kodak du milieu des années quatre-vingt, du tiroir de mon bureau. Je l'ai délicatement glissé au centre de ma valise entre deux piles de vêtements. J'ai toujours détesté les appareils numériques pour leur instantanéité. Je préfère aller déposer en personne mes pellicules chez Jean Coutu, savourer le temps d'attente entre le moment où je les laisse à développer et celui où je les récupère. L'attente me fait languir. Le jour J me rend fébrile et je cours les chercher en quatrième vitesse, qu'il vente ou qu'il neige.

J'aime plus que tout au monde redécouvrir ce que j'ai pris, car la plupart du temps je ne m'en souviens pas ou je ne me le rappelle que vaguement. Il me faut en moyenne un an pour terminer une pellicule. Je ne prends pas des photos aussi souvent que le ferait, par exemple, une touriste japonaise. J'apprécie beaucoup plus regarder mes clichés sur papier glacé que sur l'ordinateur. Leurs imperfections ont leur charme. Mes photos de New York ne valaient pas la peine d'être retouchées. J'adore faire des montages, tourner mes photos dans l'album et, surtout, les montrer à tout mon entourage autant de fois que possible. C'est ma façon à moi de faire rêver ceux qui n'ont pas la chance de voyager. Et puis, en partageant mes photos de voyages, je peux aussi revivre les moments intenses.

Mon appareil représente un bien extrêmement précieux. Il appartenait à mon grand-père, qui me l'a offert peu de temps avant de mourir. Je n'oublierai jamais ses paroles : « Ma petite fille, ton appareil photo te permettra d'immortaliser les moments inoubliables. » J'ai donc décidé de le retirer de ma valise et de le garder près de moi, dans mon bagage à main.

J'ai mis mes lunettes de soleil mauves sur mon nez. J'étais prête à décoller !

Ma chère sœur,

Lorsque tu trouveras cette lettre sous ton oreiller, je me serai certainement déjà envolée. Je ne t'écris pas de l'Équateur, mais de Montréal. Toutes ces questions vont à coup sûr te paraître stupides, mais je pense trouver de l'aide auprès de toi. J'espère qu'en me confiant à toi, je trouverai le réconfort nécessaire.

Comme tu le sais, je vais prendre l'avion pour Quito dans huit heures. Ce sera la première fois pour moi. Je n'ai jamais pris l'avion ni mis les pieds dans un aéroport. Et c'est cela même qui m'angoisse, car j'ai peur de m'égarer le jour même de mon départ. Où dois-je me rendre une fois dans l'aéroport ? Je sais qu'il y a l'enregistrement, puis l'embarquement, mais où dois-je aller pour ça ? Et à l'arrivée, comment cela se passe-t-il pour récupérer ses bagages ? Où dois-je aller, une fois descendue de l'avion ? À la douane ?

J'ai si peur de m'égarer, de perdre mes bagages, de me tromper que j'en perds le sommeil. Je ne dors plus depuis quelques nuits. L'aéroport me fait peur. Prendre l'avion me fait peur. C'est stressant de ne pas savoir ce qui nous attend. Aide-moi !

Magda

Chapitre 3

Une nuit dans les Andes

Je n'avais aucune raison d'avoir peur de l'aéroport ni de prendre l'avion. À Montréal, l'enregistrement et l'embarquement se sont faits en un clin d'œil. J'ai dormi durant les neuf heures de vol, ce qui m'a permis de récupérer un peu. Mes nuits d'insomnie causées par l'inquiétude m'avaient épuisée. Je me suis fait du souci pour rien. Le décollage et l'atterrissage se sont faits en douceur. Il est pratiquement impossible de se perdre à l'aéroport de Quito comme à celui de Montréal. Les renseignements et les directions sont transcrits en pictogrammes universels.

Nelson m'avait dit qu'il m'attendrait à l'arrivée des voyageurs de l'aéroport de Quito. J'avais tellement hâte de le retrouver que mon cœur battait à cent à l'heure. J'aurais été capable de ne pas récupérer mes bagages et de passer les douanes en courant pour enfin pouvoir respirer l'air de ce pays ! J'ai bien cru que cela ne finirait jamais, car j'ai subi un contrôle d'identité assez musclé.

— Comment vous appelez-vous ? m'interrogea froidement l'agent des douanes, mon passeport à la main.

— Magdalena Sánchez.

— Quel âge avez-vous ?

— J'ai dix-sept ans.

— Pour quelles raisons voyagez-vous en Équateur ?

— Je rends visite à un ami. Je viens passer les vacances dans sa famille.

— Comment vous êtes-vous connus ?

La question m'apparaissait plutôt indiscrète et m'embarrassait un peu. En quoi cela le regardait-il ?

— Au Canada, lui répondis-je.

Mes joues étaient toutes chaudes. Je devais probablement être rouge comme une tomate.

— Combien de temps comptez-vous rester ?

— Un mois.

Après vingt minutes d'un interrogatoire que je jugeais interminable, j'ai finalement atteint la porte de sortie. Il y avait un panneau surélevé qui indiquait en majuscules : *BIENVENIDO A QUITO, FLORENCIA DE AMÉRICA* (« BIENVENUE À QUITO, LA FLORENCE DES AMÉRIQUES »). Ça y est, j'étais enfin arrivée ! Je me suis alors sentie en vacances. L'aéroport grouillait de monde. J'avais beaucoup de mal à distinguer les personnes les unes des autres. Tous les Équatoriens se ressemblaient avec leur petite taille, leur teint cuivré et leurs cheveux ébène. J'avais de plus une très mauvaise mémoire visuelle, de sorte que je me rappelais difficilement les traits du visage de Nelson.

Je l'ai soudain entendu crier mon prénom : « Magdalena ! » Je me suis retournée à gauche, à droite, derrière moi. Les quelques secondes durant lesquelles je l'ai cherché du regard m'ont paru une éternité. Je l'ai alors aperçu juste devant moi, parmi la foule, qui m'accueillait les bras grands ouverts. Nelson fut le premier à me reconnaître. Je me suis précipitée vers lui en courant et je lui ai sauté au cou en m'écriant à mon tour : « Salut, Nelson ! Ça me fait tellement plaisir de te voir ! » Lui aussi semblait très heureux de me revoir, bien qu'il n'ait pas manifesté un enthousiasme aussi débordant que le mien. « Tout le monde ne peut pas déborder de spontanéité comme toi ! » me rappelait souvent ma tante. Peu importe ce qu'il a pu ressentir durant cet intense moment de retrouvailles, il fut pour moi aussi chargé d'émotions que notre première rencontre.

J'ai connu Nelson lorsqu'il était en vacances à Montréal. Il est entré chez Soho pour faire des emplettes. Nelson était en train de chercher un costume pour le mariage de Jaime, son meilleur ami, qu'il n'avait pas revu depuis son déménagement de l'Équateur au Canada, en 1996. Il avait l'air un peu perdu au rayon pour homme et il semblait indécis dans le choix d'une cravate bleue unie ou rouge à pois blancs. Je lui ai naturellement proposé de l'aider et notre conversation a vite pris une tournure beaucoup plus sympathique lorsque nous avons commencé à faire plus ample connaissance.

— Je m'appelle Nelson. Je suis équatorien d'origine kichwa. J'habite en Amazonie équatorienne. Mon village s'appelle Sarayaku.

— Moi, je suis d'origine espagnole, mais je suis née à Montréal. Tu parles très bien français. Où est-ce que tu as appris ?

— J'ai suivi des cours à l'Alliance française, à Quito. J'adore le français, mais les occasions de le parler sont plutôt rares en Équateur. Le français est une langue qui me fascine, dit Nelson avec un accent espagnol très prononcé.

C'était drôle de l'entendre parler français. Il roulait les *r* comme en espagnol. J'essayais de ne pas me moquer de lui, mais c'était plus fort que moi, je ne pouvais m'empêcher de l'imiter. Je répétais chaque phrase qu'il prononçait avec le même accent, en remplaçant le son *z* par le son *s*, et je finissais toujours par éclater de rire. « Tu n'es pas très gentille », m'aurait sûrement reproché ma maman.

— Et, si je peux me permettre, qu'est-ce que tu es venu faire à Montréal ?

— Il y a un de mes amis d'enfance, Jaime, qui se marie samedi prochain avec une Québécoise du Lac-Saint-Jean.

— Intéressant ! Un mariage mixte ! Tu restes combien de temps ici ?

— Trois semaines. Est-ce que tu voudrais qu'on aille prendre un café, un de ces jours ?

— Avec plaisir !

— Au fait, est-ce que tu parles espagnol ?

— *Por supuesto !* (« Bien sûr ! »)

Nelson a noté son numéro de téléphone à l'endos d'un papillon de DJ. Avant de sortir de la boutique, il l'a glissé discrètement dans la poche de ma veste. Je ne suis pas le genre de fille qui a l'habitude de faire la démarche d'appeler un inconnu. Mais mon petit doigt me disait qu'avec lui, ce serait différent. « Pourquoi ne pas le faire, sachant que j'en meurs d'envie ? me suis-je dit. Ce serait dommage, non ? »

J'ai donc décidé de me manifester et de lui donner un rendez-vous au Café République, sur la rue Bernard, qui se trouvait à deux pas de chez moi. J'ai découvert que nous avions de nombreux points en commun et j'en ai appris davantage à mesure que nous apprenions à nous connaître. Nous étions deux passionnés de la vie. Il semblait que Nelson était comme moi : il croquait dans la vie à pleines dents sans se soucier du lendemain.

— La vie est un véritable cadeau. Moi, par exemple, j'adore me promener main dans la main avec la personne que j'aime. Et si je ne suis pas amoureux, j'en profite pour aller faire une balade en forêt, me confia Nelson.

— Moi, j'aime aller faire les courses au marché Jean-Talon : goûter un raisin à l'insu du marchand de fruits et légumes, plonger ma main dans le sac de fèves noires de l'épicier pour en prendre une poignée et les faire glisser entre mes doigts, avouai-je en contrepartie.

Nelson est quelqu'un de simple, de pas compliqué, facile à vivre. Sa compagnie mettait du bonheur dans ma vie. Je m'attachais de plus en plus à lui et j'avais du mal à me faire à l'idée qu'il reparte en Équateur. J'ai ressenti un vide énorme après son départ, un vide difficile à combler. Est-ce parce que je m'étais habituée à lui ? Non, ce n'est pas possible de s'habituer à quelqu'un en trois semaines. Cela représente si peu de temps. Il m'a envoyé une carte postale quelques semaines plus tard pour me donner de ses nouvelles. Nous avons entretenu une correspondance régulière et, de lettre en lettre, Nelson m'a invitée à Sarayaku. Il m'avait promis de venir me chercher à l'aéroport de Quito et il n'a pas manqué à sa parole.

— À quoi tu penses ? Tu rêves ?

— À notre rencontre. Crois-tu au hasard ? Pensais-tu qu'on allait se revoir un jour ?

— Je ne crois pas que les rencontres fortuites existent…

— Je suis contente d'être ici avec toi.

— On monte dans ce taxi ?

— Allons-y.

Nous avons pris un taxi pour rejoindre Émilie, une amie du secondaire à peine plus âgée que moi, qui nous attendait chez elle. Émilie est ma grande amie. Malgré son apparence de poupée Barbie, elle est loin d'être une fille superficielle. Elle est mince et assez grande. Sa physionomie reflète l'expression de son caractère et de son tempérament : ses grands yeux bleu foncé sont à l'image de son âme et ses longs cheveux blonds ondulés lui confèrent un aspect angélique. Émilie n'est pourtant pas une sainte. Ses proches la surnomment Boucle d'or. Physiquement, je ne ressemble en rien à Émilie : je suis une petite brune aux yeux noirs. Par contre, nous avons des traits de caractère communs qui nous unissent depuis toujours : nous sommes toutes les deux très entreprenantes et déterminées. Nous avions fait le pari, l'année dernière, de nous rendre en Équateur, et nous avons réussi. Notre détermination peut parfois aller jusqu'à nous rendre têtues comme des mules, ce qui n'est pas toujours évident pour notre entourage.

J'avais signalé à Émilie que ce n'était pas la peine qu'elle se déplace jusqu'à l'aéroport, puisque Nelson se faisait un plaisir de venir me chercher. Émilie résidait dans le quartier du Marisal, un quartier que les Équatoriens ont surnommé Gringolandia. Il est en effet peuplé en grande majorité par des *gringos* ; c'est ainsi qu'on appelle les Blancs en provenance d'Amérique du Nord et d'Europe.

— Cela fera dix dollars américains, déclara le chauffeur de taxi.

— Et puis quoi encore ! s'exclama Nelson en lui tendant un billet de cinq dollars américains, ce qui représentait déjà beaucoup pour le nombre de kilomètres parcourus. Il est sorti du taxi en claquant la porte derrière lui.

Le chauffeur de taxi avait voulu profiter du fait que je sois étrangère pour nous réclamer un prix pour touristes, malgré la présence de Nelson. Émilie m'avait raconté qu'elle se faisait régulièrement avoir par les Équatoriens à cause de son allure occidentale. Elle se fait aussi souvent aborder par des locaux lorsqu'ils ne la traitent pas de *gringa*. Parfois, elle trouve cela difficile à supporter au quotidien. J'estimais cependant que nous aurions pu donner au chauffeur de taxi les dix dollars américains en question afin de l'aider à arrondir sa fin de mois, mais Nelson n'était pas du genre à se laisser arnaquer.

Nous étions plantés sur le seuil de la porte, et le gardien qui surveillait l'entrée de l'immeuble nous toisa de haut en bas avant de daigner s'avancer vers nous. Les édifices chics du quartier du Marisal sont très bien surveillés pour éviter les cambriolages. Le gardien nous a interrogés pour s'assurer que nous étions les amis d'Émilie. Nous lui avons répondu par l'affirmative et il s'est alors empressé de l'appeler pour l'aviser de notre arrivée. Émilie est aussitôt descendue nous rejoindre.

— Salut, Magdalena ! Je savais que tu viendrais… As-tu fait un bon voyage ? Ce n'était pas trop long ? Tu n'as pas eu de problèmes aux douanes ? Est-ce que tu es fatiguée ?

Émilie reprenait ses bonnes vieilles habitudes en me bombardant de questions sans même me laisser le temps d'y répondre.

— Ouf ! Je viens d'endurer neuf heures de vol assise à côté d'un vieux croûton ! Il sentait la transpiration à plein nez ! Il prenait toute la place en plus ! Heureusement, j'ai dormi durant tout le trajet !

Je ne lui ai pas fait part de mes angoisses à l'idée de me rendre à l'aéroport et de prendre l'avion. Émilie aurait certainement compris, mais je n'avais pas envie de lui dire devant Nelson.

— Tu n'as pas changé ! Tu es toujours aussi râleuse ! (Émilie a marqué un petit temps d'arrêt avant d'adresser la parole à Nelson.) J'imagine que tu dois être le fameux Nelson, dit-elle en se tournant vers lui.

Ses grands yeux bleus étaient rivés sur lui.

— Qu'est-ce qu'elle t'a raconté sur moi ?

Nelson avait l'air surpris et amusé.

— Tu lui poseras la question !

Émilie aimait toujours garder une part de mystère, ce qui la rendait énigmatique.

Nous avons pris l'ascenseur jusqu'au troisième étage pour nous rendre à l'appartement d'Émilie, qui allait nous héberger pendant une nuit. Elle nous a ouvert grand la porte. C'était sa façon à elle de nous souhaiter la bienvenue.

— Bienvenue dans mon humble demeure ! Entrez, entrez ! Vous pouvez installer vos affaires dans le salon.

— C'est zen chez toi, dis donc ! m'écriai-je.

— Comme vous pouvez le constater, je n'ai investi ni dans le mobilier ni dans la décoration ! Je ne suis venue ici que pour quelques mois, alors…

— Tu t'en vas ? lui demanda Nelson.

— Oui, je vais retourner au Canada le mois prochain. Je suis en train de faire un stage en gestion des ressources naturelles pour Oxfam Québec. C'est un stage international pour les jeunes qui est financé dans le cadre du programme Québec sans frontières par l'Agence canadienne de développement international.

— En quoi consiste ton stage ? s'intéressa Nelson.

— Nous essayons d'améliorer la santé des écosystèmes dans le but d'atteindre les objectifs de développement durable. Nous avons élaboré des pratiques alternatives aux pratiques agricoles traditionnelles, comme l'aménagement forestier, afin de contrer la dégradation des ressources naturelles. Hier, nous avons planté des arbres d'ombrage dans les cultures de canne à sucre.

Émilie fait exactement ce que je voudrais faire plus tard. J'aimerais, moi aussi, m'impliquer dans la coopération internationale.

— Les étudiants de l'Université de Sarayaku suivent en ce moment un cours sur les techniques de production agroforestière. La femme de mon cousin Manuel est agronome. C'est elle qui donne le cours aux étudiants. Après le cours, les étudiants vont construire une pisciculture.

Comme je tombais de sommeil, Émilie m'a emmenée dans sa chambre. Nous nous sommes installées confortablement dans son lit deux places, blotties entre les oreillers, pendant que Nelson se reposait au salon. Malgré la fatigue, nous avons passé la nuit à papoter toutes les deux de tout et de rien. Nous avions beaucoup de choses à nous raconter. Notre dernière parlotte remontait à plus de quatre mois et il fallait à tout prix que je mette Émilie au courant des derniers potins.

— Au fait, qu'est-ce qu'elle devient, Catherine ? s'interrogea Émilie.

— Elle sort avec Jean-François, maintenant. C'est l'amour fou entre eux deux.

— Qui aurait pu l'imaginer… Elle ne pouvait pourtant pas l'endurer il n'y a pas si longtemps.

— Comme quoi tout est possible…

— Tu les imagines en train de s'embrasser !

Nous avons explosé de rire au même moment rien que d'imaginer la scène. Catherine et Jean-François étaient deux binoclards qui portaient tous les deux des carreaux d'au moins trois centimètres d'épaisseur. Nous avons eu peur de réveiller Nelson, qui s'était déjà endormi sur le divan. Nous avons pouffé de rire une seconde fois. Le sommeil de Nelson était absolument imperturbable : il ronflait si fort qu'il faisait trembler les murs.

Le lendemain matin, Émilie nous a accompagnés au terminal d'autobus de Quito. Je comptais bien la retrouver à Quito à mon retour d'Amazonie. Nelson et moi avons pris un autobus en direction de Puyo, la capitale provinciale de Pastaza.

— C'est ici que nos chemins se séparent, dit Émilie en nous étreignant.

— On se voit dans quatre semaines, lui rappelai-je.

— Je te remercie de ton aimable hospitalité, ajouta Nelson.

— Oui, merci pour tout !

— Merci d'être venus. Faites attention à vous. Bon voyage !

Nous lui avons adressé des signes de la main en guise d'adieu jusqu'à ce qu'elle disparaisse de notre vue. C'était le début du grand voyage.

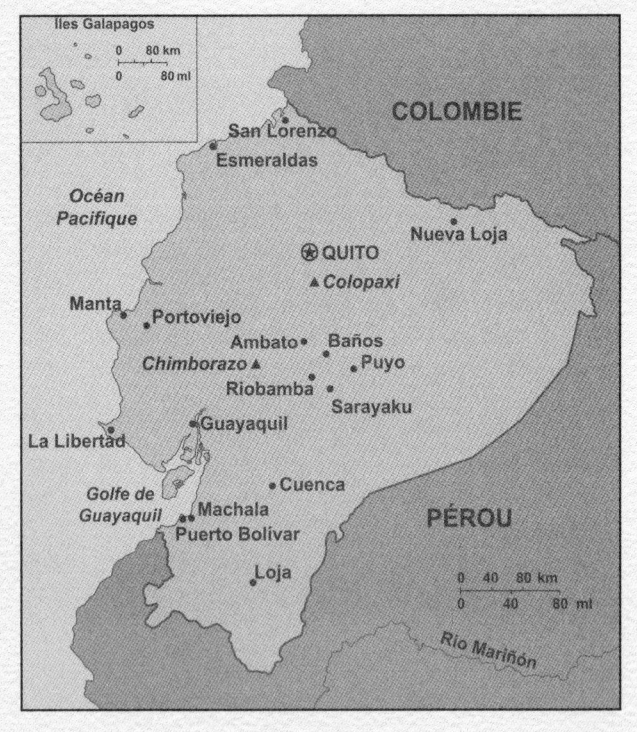
Iles Galapagos
0 80 km
0 80 ml
COLOMBIE
San Lorenzo
Esmeraldas
Océan
Pacifique
Nueva Loja
QUITO
Colopaxi
Manta
Portoviejo
Ambato
Baños
Chimborazo
Puyo
Riobamba
Sarayaku
Guayaquil
La Libertad
Cuenca
Golfe de
Guayaquil
Machala
Puerto Bolívar
PÉROU
Loja
0 40 80 km
0 40 80 ml
Rio Mariñón

Équateur

Chapitre 4

Des Andes à Baños

Nous avons préféré voyager sur le toit avec les poules et les cochons plutôt que dans l'autobus, afin de pouvoir admirer le paysage andin et respirer un peu d'air frais. Il n'y a rien de plus magique que le petit bus des Andes pour découvrir les hautes terres ancestrales dans toute leur splendeur ! J'en profitai pour sortir mon appareil photo de mon bagage à mains. Les ruelles étroites de Quito, bordées de façades coloniales, étaient maintenant loin derrière nous. Je n'avais jamais vu autant de montagnes. J'étais dans un état d'exaltation. Dommage que Lina ne soit pas là pour voir ça ! Elle aurait, elle aussi, été agréablement surprise. D'innombrables volcans élevés et massifs et plus d'une douzaine de pics volcaniques, nichés le long de la cordillère des Andes, avaient remplacé la foule bigarrée et les ponchos bariolés des habitants de Quito. J'entendis plusieurs fois les Équatoriens utiliser l'expression *la media luna duerme de espalda* (le croissant de lune qui dort sur le dos) pour décrire le relief escarpé des Andes.

— Regarde là-bas, du côté de la Cordillère occidentale ! C'est le Chimborazo !

Nelson pointait son index avec insistance en direction du Chimborazo pour être certain que je ne me trompe pas de volcan, ce qui m'amusait beaucoup.

— C'est magnifique !

Le cratère du volcan accueillait des eaux turquoise dans son antre ; les eaux scintillaient sous la lumière étincelante du soleil. Je me suis laissée envoûter, les yeux remplis d'émerveillement, par la beauté farouche du Chimborazo, le plus haut volcan du monde, culminant à 6 310 mètres d'altitude. Je pris alors ma première photo de voyage en me servant du zoom pour rapprocher l'image du Chimborazo. Clic clac !

— Regarde à présent de l'autre côté, du côté de la Cordillère orientale. C'est le Cotopaxi, un des plus hauts volcans du monde en activité. Tu dois savoir que la cordillère des Andes équatoriale est composée d'une double chaîne de montagnes :

la cordillère occidentale et la cordillère orientale, chacune étant séparée par un fossé médian qu'on appelle le « couloir andin ».

— Tu es un vrai professeur de géographie, dis donc !

Nelson fit la sourde oreille et je me demandai si je ne l'avais pas blessé dans son orgueil. J'allais apprendre plus tard que l'humilité est un trait de caractère chez les Kichwas. Je pris ma deuxième photo. Clic clac ! J'avais l'intention de mettre la photo du Cotopaxi à côté de celle du Chimborazo, dans mon album.

— Est-ce que tu arrives à voir les petits points noirs de l'autre côté de la route ?

— Oui, qu'est-ce que c'est ? Je suis un peu éblouie, avec la lumière du soleil !

— Ce sont les chapeaux melon noirs des Quechuas. Ils avancent, le dos courbé, en direction des cultures de pommes de terre.

J'aurais bien pris une ou deux photos des Quechuas, mais ils étaient placés devant le soleil. Cela aurait pu être un superbe contre-jour si la lumière du soleil n'avait pas été aussi étincelante. On aurait pu apercevoir les silhouettes des Quechuas avec le coucher de soleil en arrière-plan. J'essayai tout de même de prendre une photo. Une photo ratée peut toujours devenir une photo artistique ! Clic clac !

— Et pourquoi marchent-ils la tête baissée sous leur chapeau ?

— Les Quechuas sont un peuple très méfiant, voire hostile envers les autres cultures. Ils ont été marqués par les cinq siècles d'oppression de la colonisation espagnole. Tu sais, ils continuent d'être méprisés par la population équatorienne qui pratique la discrimination à leur égard. Les Quechuas ont décidé de vivre reculés dans les montagnes et leurs neiges éternelles afin de rester en marge de la société et de préserver ainsi leur mode de vie traditionnel.

— Ma tante Isa prétend qu'ils refusent toute forme de modernité, est-ce que c'est vrai ?

— Disons qu'ils tiennent à préserver leurs connaissances et leurs savoir-faire traditionnels, un peu comme nous, les Kichwas d'Amazonie.

— Comment font-ils pour subvenir à leurs besoins ?

— Ils vivent essentiellement de l'agriculture, de l'élevage et de l'artisanat.

Nelson était très fier de l'héritage culturel que les peuples originaires des Andes avaient légué à l'humanité, mais ne mentionnait jamais la pauvreté extrême qui les minait. J'étais tout à fait consciente que l'exceptionnelle beauté de la chaîne andine équatorienne avait son revers de la médaille. Les Quechuas avaient peut-être réussi à conserver leur spécificité socioculturelle en se maintenant à l'écart de la société dominante, mais ils payaient le plein prix de leur isolement géographique.

Quito était également confrontée à une explosion démographique sans précédent. Les habitants en quête de logements avaient été contraints de fuir la capitale pour s'installer illégalement en périphérie, sur les versants boisés de l'agglomération. Les versants, véritables poumons verts de la ville, étaient à présent envahis par des bidonvilles à perte de vue. Les immondices et les déchets en tout genre s'entassent partout, du fait de l'absence d'un système de ramassage d'ordures. L'insalubrité et la précarité règnent en maître dans ces quartiers aux constructions inachevées et aux maisons complètement délabrées.

Malgré l'omniprésence des bidonvilles, les marchés locaux font battre le cœur de l'Équateur. Le bus ne s'est malheureusement pas arrêté en chemin, car j'étais la seule touriste à bord.

À mon triste regret, je n'ai pas pu faire l'acquisition de produits locaux ni prendre de photos. Nelson s'est contenté de me dire : « Ne t'en fais pas. Tu auras d'autres occasions. » L'ambiance pittoresque du marché aux multiples couleurs et odeurs m'a époustouflée. C'était un marché semblable à notre marché Jean-Talon, mais les couleurs étaient beaucoup plus vives et il y avait de nombreuses odeurs que je ne connaissais pas. Le brouhaha des marchands se mêlait à la diversité de l'artisanat. Miroirs, encensoirs, bijoux, vêtements et sacs à main en cuir occupaient le marché entier. Les articles en vente se marchandaient selon la tête du client. Les étalages de fruits et légumes exhalaient des effluves qui me chatouillaient les narines.

À environ quatre heures de Quito, le bus traversa la ville de Baños.

— Baños est une station thermale, m'expliqua Nelson. Elle doit son nom à ses fameux bains thermaux qui prennent leur source au pied du volcan Tungurahua. Tungurahua est un mot quechua qui signifie en espagnol *garganta del fuego*, que l'on pourrait traduire en français par gorge de feu.

La ville de Baños occupe une position géographique stratégique. Elle est à la fois une porte de sortie de la région des Andes et une porte d'entrée vers la région de l'Amazonie. De nombreux voyageurs recherchant une température plus fraîche s'y arrêtent une ou deux nuits avant de poursuivre leur chemin vers l'une ou l'autre de ces deux régions.

— Qu'y a-t-il de particulier à faire à Baños ?

— Baños est une petite ville touristique qui attire énormément de monde : des touristes équatoriens, européens, américains… Elle a l'avantage d'offrir des excursions variées et des activités propices à la détente. Je crois que c'est une ville qui plaît à tout le monde, car chacun trouve à y satisfaire ses goûts. Par exemple, les touristes paresseux en profitent pour aller relaxer dans les bains thermaux appelés *los Baños de la Virgen* (les Bains de la Vierge), *los Baños de Santa Clara* (les Bains de sainte Claire) et *El Salado*, alors que les plus sportifs se consacrent à la marche à pied ou aux promenades à cheval, ou ils font du vélo tout terrain en passant inévitablement par les chutes *El Manto de la Virgen* (Le Manteau de la Vierge). Les amateurs du tourisme culturel se rendent généralement à la basilique *Nuestra Señora del Agua Santa* (Notre-Dame de l'Eau Bénite), située en plein cœur de la ville, pour en admirer l'architecture. « Notre-Dame de l'Eau Bénite » est d'ailleurs la patronne de la ville, à laquelle les habitants de Baños vouent un très grand respect : elle les protège des éruptions volcaniques du volcan Tungurahua.

— Tout le monde trouve son compte, à Baños ! J'ai entendu dire que le volcan Tungurahua était toujours en activité.

— Effectivement. La dernière éruption volcanique est survenue en 1999. Les autorités ont sonné l'alerte rouge et ont forcé les habitants à évacuer la ville. Baños est restée fermée au public pendant quelques semaines, puis quelques mois. Ce n'est qu'en août 2001 que ses habitants ont pu profiter d'une accalmie du volcan et retrouver une vie normale. Le Tungurahua est pourtant loin de s'être rendormi. Il n'est pas rare d'apercevoir des panaches de fumée sortir du cratère.

Entre Baños et Puyo, des marchands ambulants ont défilé au moment de chaque arrêt pour vendre leurs confiseries et amuse-gueule : bonbons, barres de chocolat, chips, bâtonnets de banane plantain et fromage, bouteilles d'eau, jus de canne à sucre et boissons gazeuses. Certains allaient jusqu'à raconter des blagues ou des anecdotes afin d'augmenter leur profit, une véritable source de divertissement pour les passagers. Un vendeur de livres nous a lu un poème équatorien.

Au fur et à mesure que le bus progressait dans sa course, l'environnement se modifiait. Plus le climat se réchauffait, plus la végétation se densifiait. Nous étions aux portes de l'Amazonie. Le froid vif des Andes céderait bientôt la place à la moiteur de l'Amazonie.

Chapitre 5

Aux portes de l'Amazonie

Nous n'avons pas perdu de temps à notre arrivée à Puyo. Nous avons sorti nos bagages de la soute de l'autobus pour les replacer aussitôt dans le coffre d'un taxi qui allait nous conduire à l'Association de Sarayaku. Nelson m'avait informée que nous devions aller rendre une visite de courtoisie au président de l'Association afin de lui signaler mon intention de séjourner quelques semaines à Sarayaku.

— Je vais te présenter au président de l'Association de Sarayaku. Tu devras lui parler de ton pays, de tes origines, des motifs de ton voyage et de l'histoire de notre rencontre.

— C'est compliqué ! Est-ce vraiment nécessaire que je lui raconte tout ça ?

— Oui, il le faut pour le bien-être et la sécurité de la communauté.

Je n'avais pas très bien saisi pour quelle raison ma présence pouvait menacer la sécurité de la communauté et cela me tracassait un peu. Nelson m'avait expliqué en chemin que l'Association de Sarayaku a pour mission de défendre et de promouvoir les droits des habitants de Sarayaku. L'Association contrôle par conséquent toute entrée et sortie de son territoire : « Le contrôle des allées et venues dans la communauté s'est particulièrement renforcé, ces dernières années, en raison du conflit socioenvironnemental entre la Compagnie générale de combustibles et les habitants de Sarayaku, ce qui restreint la libre circulation des personnes. »

J'ai rapidement compris que notre passage au bureau de l'Association de Sarayaku était plus qu'une simple formalité. Il était en fait obligatoire, si nous voulions être certains de pouvoir entrer et circuler librement sur le territoire de Sarayaku. Qu'adviendrait-il si le président refusait de me délivrer un permis d'entrée à Sarayaku ? J'espérais que cela ne se produirait pas. Je ne connaissais pas encore l'histoire du conflit socioenvironnemental, mais mon instinct me disait qu'il s'agissait probablement d'un différend important entre les deux parties. Que s'était-il bien passé ? Selon Nelson, cette visite de courtoisie témoignait également d'une forme de respect envers le président de l'Association, qui représente l'autorité politique suprême pour l'ensemble des membres de la communauté.

Nelson m'avait brièvement préparée à cet entretien avec le président.

« Les présentations seront suivies de l'histoire de notre rencontre. Tu verras, les Kichwas sont de nature plutôt curieuse. Ils ne peuvent s'empêcher de poser des questions, mais ils n'apprécient guère qu'on leur en pose. Alors, abstiens-toi de leur en poser ! »

J'ai appliqué au pied de la lettre les recommandations de Nelson, lors de mon entretien avec le président, qui fut d'ailleurs le seul à me poser des questions. Nelson avait cependant songé à un autre scénario, qu'il n'avait pas pris la peine de partager avec moi. Il m'a coupé la parole lorsque j'étais en train d'expliquer au président la façon dont nous nous étions rencontrés, ce que j'ai trouvé bien impoli.

— Nous nous sommes connus à Montré…

— Magdalena veut dire qu'elle est ma future femme. Nous sommes très épris l'un de l'autre et nous allons prochainement nous marier !

Pourquoi Nelson avait-il menti au président sans même me consulter ?

— Ah, oui ! s'exclama le président. La satisfaction pouvait se lire dans son regard, bien qu'il n'ait manifesté aucune émotion extérieure. Ses yeux révélaient qu'un Kichwa qui se marie avec une étrangère est synonyme ou signe de réussite sociale. Les mariages mixtes sont très bien vus dans la communauté. Je sentais qu'à présent je ne représentais plus aucun danger pour la communauté. J'étais devenue une alliée. Le sentiment d'inquiétude qui avait semblé envahir le président au début de l'entretien s'estompait au profit d'une attitude bienveillante. Nelson aurait toutefois pu éviter de lui mentir. Il y avait certainement d'autres façons de gagner sa confiance…

Nelson et moi l'avons remercié pour avoir pris le temps de nous recevoir. Nous sommes sortis de son bureau avec le sentiment d'avoir accompli une noble mission.

— Est-ce que tu as prévenu quelqu'un de ta communauté que j'allais venir ?

— Ma maman est au courant. Rigoberta a sûrement déjà prévenu les siens. Tu n'as aucun souci à te faire : ceux qui ne le savent pas encore le sauront très bientôt. Le personnel de l'Association de Sarayaku se charge de transmettre l'information par message radio aux autorités locales pour les aviser de ton arrivée.

L'émission et la réception de messages radio sont le seul moyen de communiquer entre Puyo et Sarayaku, à l'exception de l'envoi de courrier par messager. Grâce à ce système de communication rudimentaire, la population sera tenue informée de ma présence sur le territoire. Les autorités locales procédaient de la sorte chaque fois qu'une nouvelle personne était sur le point de se rendre à Sarayaku.

— Pourquoi est-ce que le siège de l'Association de Sarayaku ne se trouve pas à Sarayaku ?

— On peut difficilement avoir un bureau fonctionnel et opérationnel en pleine forêt amazonienne ! La communauté préférerait bien sûr avoir le siège de l'Association à proximité. Mais tu admettras qu'il est beaucoup plus facile de faire les démarches administratives de Puyo, la capitale provinciale, que de Sarayaku. Tu constateras tout ça par toi-même une fois sur place... Les autorités locales ont pensé plus d'une fois déménager à Sarayaku, mais ce projet a été remis à plus tard. Pour l'instant, le personnel de l'Association a besoin d'un accès au téléphone et à Internet pour communiquer avec le monde extérieur, ce qui est malheureusement impossible de Sarayaku en l'absence d'un réseau moderne de télécommunications disponible et accessible. Tu comprends ?

— Oui, je commence à comprendre…

Chapitre 6

La descente vers l'Amazonie

— On ne devrait pas tarder à décoller, dit Rodrigo, le pilote kichwa. Les nuages devraient se disperser d'ici une petite heure. Nous devons toujours surveiller les conditions météorologiques de très près, avec ces petits avions de fortune !

— Il n'y a pas si longtemps, nous nous rendions encore chez nous en canoë à moteur, mais l'accès au fleuve Bobonaza nous a été interdit par les gardes privés de la Compagnie générale de combustibles, se lamenta Nelson en soupirant.

— Ils pensent qu'on va les laisser détruire notre environnement ! rouspéta Rodrigo.

— Magdalena, le territoire de Sarayaku a été militarisé à cause du conflit socioenvironnemental qui oppose notre peuple à la compagnie pétrolière, m'expliqua Nelson. Nous ne pouvons désormais plus nous rendre dans les communautés riveraines de Pacayaku et de Canelos, qui ont accepté l'exploitation pétrolière sur leur territoire.

— Les affrontements et les tensions intercommunautaires sont latents, ajouta Rodrigo. Les communautés kichwas de Pacayaku et de Canelos, avec lesquelles nous avons tissé des liens depuis des millénaires, ne nous laissent désormais plus traverser la partie du fleuve Bobonaza qui borde leur territoire.

— Et le fleuve Bobonaza est l'unique voie fluviale qui nous permet de nous rendre de Puyo à Sarayaku, précisa Nelson.

— L'avion est actuellement le seul moyen de transport pour entrer et sortir de la communauté, un véritable luxe pour nous, les Kichwas, dit Rodrigo. Certains d'entre nous sont condamnés à rester à Sarayaku faute de moyens financiers. D'autres marchent plusieurs jours à travers la forêt avant d'arriver à leur destination.

— Mais vois-tu, l'avion constitue également un frein à la lutte antipétrolière pour notre peuple, commenta Nelson. On ne peut nier son utilité ! Cela nous empêche d'aller jusqu'au bout en faisant pression sur le gouvernement.

Je compris soudain pourquoi le contrôle des allées et venues dans la communauté s'était renforcé. Je ne saisissais pas très bien les enjeux ni la portée de ce conflit, mais je pouvais cependant comprendre que la militarisation du territoire implique une incursion des forces armées. J'en arrivai à la conclusion qu'il s'agissait d'un conflit relativement important. Il y a peut-être eu des morts sous le feu des armes… Je découvrais un autre aspect de la personnalité de Nelson, qui semblait avoir la rage au cœur. Où est donc passé le Nelson que j'ai connu ?

Nelson relata l'histoire de l'aéroport Río Amazonas. Dans les années 1940, la compagnie pétrolière Shell avait construit une piste de 1 540 mètres de long et 23 mètres de large, laquelle lui permettait d'opérer en Amazonie. Aujourd'hui, des entreprises d'aviation commerciale et des fédérations indigènes se partagent la douzaine de compagnies aériennes installées le long de la piste.

— La Shell a construit l'aéroport uniquement dans le but de coloniser l'Amazonie ! On prêche le développement économique, mais l'aéroport n'était qu'un prétexte pour accéder à nos terres et territoires ancestraux ! déclara Rodrigo en fronçant les sourcils.

— Exactement ! Les compagnies pétrolières veulent toutes s'implanter chez nous ! Elles n'ont qu'une seule idée en tête : exploiter nos ressources forestières et pétrolières ! soutint Nelson dont l'opinion rejoignait celle du pilote.

— Je suis d'avis que la construction de l'aéroport est une initiative du gouvernement et non de la Shell. La Shell a financé le projet en apportant les ressources matérielles et humaines nécessaires à sa réalisation. Sans la Shell, nous serions restés confinés à Sarayaku, argumenta Amauta, le copilote kichwa.

— Nous n'avons pas besoin de la Shell, ni de qui que ce soit, pour assurer notre propre développement ! contra Rodrigo.

— L'aéroport Shell contribue au développement économique de la communauté. Il nous amène des touristes sur une base régulière et nous leur chargeons le plein prix pour avoir le privilège de rester quelques jours dans notre communauté, rétorqua Amauta.

— De toute façon, les recettes du tourisme ne profitent qu'à une seule famille ! Les Canelos trouvent toujours le moyen de s'en mettre plein les poches ! dénonça Rodrigo.

Le ton était en train de monter. J'avais peur que cette conversation ne dégénère en bagarre. Pourquoi Rodrigo, Nelson et Amauta étaient-ils en désaccord ? Quel est l'aspect négatif du développement économique pour la communauté ? Nous étions sur le point d'embarquer dans l'avionnette, un petit avion en métal gris foncé de quatre places. Les deux membres de l'équipage allaient avoir besoin de concentration pour braver la tempête avec le temps de chien qu'il faisait. Malgré la pluie diluvienne, Rodrigo avait fait démarrer le moteur, dont le ronflement se confondait avec le sifflement des hélices. Amauta nous aida à nous installer à l'arrière. Nous étions vraiment à l'étroit. Amauta avait dû répartir les bagages un peu partout afin d'équilibrer l'avion, car il était en surpoids. Nelson et moi voyagions pourtant léger, mais avec tout le chargement à bord, le poids total des passagers avait au moins doublé.

— Il faut rentabiliser au maximum le coût du transport en avion. L'essence coûte cher…

Rodrigo se sentit obligé de justifier la surcharge, car j'étais pratiquement assise sur les genoux de Nelson. Le pauvre, j'étais en train de l'écraser et, lui, il n'osait pas dire un mot.

— Les compagnies pétrolières ont pensé à tout ! ne put s'empêcher de dire Nelson.

J'en ai déduit que les compagnies pétrolières vendent de l'essence aux Kichwas et qu'elles font des profits sur leur dos.

— Qu'est-ce qu'il y a dans tous ces bagages ? demandai-je pour changer de sujet.

— Quelques provisions, répondit Amauta, sans en préciser le contenu.

Amauta fit une dernière vérification avant de rejoindre Rodrigo à l'avant du véhicule. Les deux membres de l'équipage lancèrent en chœur : « Attachez vos ceintures ! » Ils retrouvèrent leur complicité habituelle en oubliant la querelle qui les avait opposés. L'avion s'est élancé sur la piste afin de prendre de la vitesse. J'ai bien cru, moi, que la charge excessive l'empêcherait de décoller. Lorsqu'il eut gagné suffisamment d'altitude, il se « stabilisa » dans les airs à seulement quelques mètres du sol. Amauta se retourna vers moi en souriant : « Les avionnettes volent à basse altitude, en Amazonie. » J'avais l'impression d'être dans un arbre et de me prendre une branche en pleine figure avec chaque secousse, mais nous étions dans un nuage de pluie. Les grosses gouttes d'eau s'écrasaient contre le hublot comme d'immenses vagues houleuses, ce qui nous obstruait la vue.

— Est-ce que ça va ? Tu as l'air angoissée, me susurra Nelson à l'oreille.

— Oui, oui, tout va bien.

Comme d'habitude, j'ai fait comme si de rien n'était. Pourquoi est-ce que je n'ai pas dit à Nelson que j'étais morte de trouille ? Pourquoi est-ce que je fais toujours comme si tout va bien, alors que ça ne va pas du tout ? Cela aurait été tellement plus simple que je m'endorme dès le décollage, comme la première fois que j'ai pris l'avion. J'essayais de me convaincre que c'était exactement comme lorsque j'étais montée dans *Le Monstre*, à la Ronde, sauf qu'il était difficile de se sentir rassurée en pleine zone de turbulences. Lina, aide-moi ! Les rafales faisaient rouler l'avion de gauche à droite. Les hélices battaient de plus en plus fort. Nelson s'était retrouvé projeté sur moi. Seuls les bagages restaient en place. Et si l'avion venait à piquer du nez ? Il n'était pas rare de voir s'écraser une avionnette en plein cœur de l'Amazonie. On ne retrouvait les cadavres que quelques jours après l'accident, parfois pas du tout… Même si je savais que mon heure n'avait pas encore sonné, j'avais tout de même hâte que nous atterrissions. J'aurais tant aimé apercevoir les hectares de forêt vierge juste au-dessous de nous. Moi qui m'attendais à découvrir les images de la Terre vue du ciel !

Chapitre 7

L'atterrissage à Sarayaku

L'avionnette avait commencé sa descente. Elle se rapprochait de plus en plus du sol, même si je n'apercevais toujours pas de piste d'atterrissage. Après l'avoir cherchée en vain du regard, j'ai finalement osé demander à Amauta :

— Il n'y a pas de piste d'atterrissage ?

— Non, ici, on est à Sarayaku, en pleine forêt amazonienne, me répondit-il.

Nous étions sur le point d'atterrir sur un sentier boueux d'à peine 100 mètres de longueur. J'ai fermé les yeux en me cramponnant de plus belle au bras de Nelson, dans les dernières secondes précédant l'atterrissage. Le contact avec le sol fut assez brusque.

— Un nourrisson de sept mois aurait certainement eu le syndrome du bébé secoué ! lança Amauta en narguant Rodrigo. Les passagers d'un Boeing 737 auraient probablement hué le pilote pour avoir été ballottés de cette façon ! ajouta-t-il avec un mépris moqueur.

— Eh bien, tu n'auras qu'à piloter toi-même, la prochaine fois ! rétorqua Rodrigo, froissé.

— Je suis sûr que Magdalena a cru que nous allions nous écraser, n'est-ce pas ?

— Je suis restée zen durant toute la descente, répondis-je en rigolant.

Une ribambelle d'enfants à peine vêtus s'est ruée vers l'avion avant même que nous ayons eu le temps d'ouvrir la portière. « Leurs rires répandent la joie et la bonne humeur parmi les habitants de Sarayaku », déclara Nelson. On pouvait en entendre l'écho dans toute la forêt. Les enfants jouaient pieds nus dans la gadoue et s'amusaient à se lancer des boulettes de terre. Ils criaient à tue-tête « Rodrigo, Nelson, Amauta ! », mais n'osèrent pas prononcer mon prénom. Pourtant, à la façon dont ils me regardaient, j'ai pu lire sur leur visage crédule que chacun d'entre eux savait pertinemment qui j'étais. Les enfants se contentèrent d'observer mes moindres faits et gestes avec attention, ce qui me mit un peu mal à l'aise. J'avais l'impression d'être scrutée à la loupe. C'était leur façon à eux de m'accueillir dans la communauté.

Les enfants nous ont aidés à décharger l'avion. L'un d'entre eux s'est rapidement décoincé en apercevant mon bagage. « Ha ha, elle a une valise à roulettes ! Regardez, tout le monde ! Elle a une valise à roulettes ! » Tout le monde s'est moqué de moi. Ma valise ne pouvait effectivement pas rouler en pleine forêt. J'ai eu honte de moi. J'ai regretté de ne pas avoir choisi de prendre mon sac à dos.

Dans cette ambiance de fête, les enfants ont réparti les provisions pour chaque famille. Ils se sont dispersés aussi rapidement qu'ils étaient venus. Rodrigo et Amauta resteraient dans leurs familles respectives jusqu'à ce qu'une personne de Sarayaku manifeste le besoin de se rendre à Puyo.

Tout le monde s'était volatilisé en un clin d'œil. Nelson et moi étions à présent seuls avec nos bagages.

—Viens, suis-moi, dit Nelson en me prenant par la main.

— Où est-ce qu'on va ?

— Chez Aurelina. On va boire de la *chicha*.

— Qui est Aurelina ? La *chicha* ?

— Aurelina est une voisine, et la *chicha*, c'est notre boisson préférée.

— Qu'est-ce qu'on va faire de nos bagages ?

— On les emmène chez Aurelina.

— On peut s'inviter comme ça chez les gens sans prévenir ?

— Oui, c'est la coutume. Il n'est pas nécessaire de faire une invitation formelle, lorsqu'il y a suffisamment de *chicha* pour tout le monde.

Il y avait déjà quelques personnes installées, lorsque nous sommes arrivés chez Aurelina. Elle nous a invités à prendre place en faisant signe de nous asseoir. Sa maison était construite sur une base rectangulaire, contrairement à la plupart des maisons kichwas, qui ont une structure ovale ou ronde. Nous nous sommes assis sur des troncs d'arbre utilisés comme des bancs et disposés autour de la maison à aire ouverte. Nous nous trouvions dans l'équivalent d'une « salle à manger » ou d'un « salon » non meublé qui servait de salle de réception et dont le sol en terre battue faisait office de moquette ou de parquet verni.

Je ne savais pas trop dans quelle position me mettre. Je n'arrêtais pas de changer de position.

Je restais cinq minutes les jambes en tailleur, je les croisais, puis je les décroisais pour me rendre compte que toutes ces positions étaient aussi inconfortables les unes que les autres. Je n'ai pas l'habitude de m'asseoir sur des troncs d'arbre, à Montréal…

Chaque personne occupait une position particulière dans l'espace. Les femmes et les enfants étaient installés en face des hommes. Moi, j'étais assise à côté de Nelson et non en face de lui. C'était toléré du fait que j'étais étrangère.

Les *chichadas*, me chuchota Nelson, se veulent un espace de socialisation dans lequel le partage de la *chicha* a lieu de façon très conviviale. C'est un des rares moments où les femmes et les hommes se côtoient durant la journée. Parfois, des hommes jouent d'un instrument de musique comme l'harmonica, la guitare ou la flûte. Les chants traditionnels kichwas accompagnent souvent les musiciens. D'autres hommes prennent la relève en racontant des plaisanteries. Les *chichadas* sont le meilleur endroit pour les commérages, ce qui permet aux femmes et aux hommes de se tenir au courant des derniers potins. On fait une sorte de point de presse sur les faits saillants de l'actualité sociale.

Aucun domaine de la vie courante n'y échappe : l'engueulade du voisin avec sa femme la veille, la dernière cuite que s'est prise Fulano, etc. Cependant, ce sont les histoires d'amour qui captivent le plus les habitants du village…

Aurelina, la « maîtresse de maison », se tenait debout prête à nous servir la *chicha*. Elle trempait sa main dans une *mucahua*, un grand bol en céramique, pour enlever les grumeaux de yucca. Elle a tendu la *mucahua* débordante de *chicha* à l'un des hommes assis, qui en prit plusieurs gorgées d'affilée. Quand il eut étanché sa soif, Aurelina présenta la *mucahua* à l'homme qui était assis à côté de lui.

— La *chicha* est une boisson faite à base de yucca, dit Nelson. Ce sont les femmes qui la préparent. Elles font bouillir le yucca, puis le pèlent. Les femmes mastiquent le yucca jusqu'à ce qu'il devienne liquide avant de le recracher dans une grande jarre. Une fois qu'il y a suffisamment de yucca, elles ajoutent de l'eau. Parfois, elles mettent des morceaux de canne à sucre pour accélérer la fermentation alcoolique et donner du goût. La boisson est laissée au repos pendant un à trois jours, le temps de la fermentation. Nous avons aussi la *chicha* à base de *chonta*, un petit fruit orange de la taille d'un kiwi.

— Tu veux dire qu'elles mettent le yucca dans leur bouche, le recrachent et boivent ça après !

— Écoute, il faut au moins que tu goûtes à la *chicha* d'Aurelina, ne serait-ce que par politesse. Ça ne se fait pas, de décliner la *chicha* que l'on t'offre. Prends au moins une gorgée pour qu'Aurelina ne s'offusque pas. C'est beaucoup d'heures de travail, tu sais. Elle mérite que tu reconnaisses son effort.

— Oh, mais non, je ne peux pas. Je suis désolée, ça me dégoûte. En plus, tout le monde boit dans le même bol. Tu imagines tous les microbes qu'il doit y avoir ! Je crois que je vais passer mon tour, OK ? Et puis, de toute façon, je n'ai pas soif.

— Comme tu voudras, me lança froidement Nelson.

Il semblait vexé que je ne veuille pas goûter à la *chicha* d'Aurelina, ce qui m'a mise mal à l'aise. C'était comme si je rejetais la culture kichwa. Une énorme pression s'est abattue sur moi. Si je ne buvais pas de *chicha*, j'aurais à vivre avec les conséquences de mon refus. Est-ce que j'avais envie de m'intégrer ? La réponse était oui. J'étais obligée d'en prendre au moins une gorgée pour faire plaisir à tout le monde.

La future épouse de Nelson ne pouvait tout de même pas décevoir les gens de la communauté ! J'essayais de me raisonner en me disant qu'après tout, c'était un cocktail de bienvenue comme un autre.

Aurelina marchait d'un pas nonchalant vers moi, la *mucahua* à la main. Elle l'avança lentement en direction de ma bouche, convaincue que j'allais goûter à sa *chicha*. Je n'ai pas eu vraiment d'autre choix que de la prendre en plaçant mes mains de chaque côté. Aurelina m'a aidée à la soutenir avec sa main crasseuse. Ses ongles noirs me répugnaient. Comment est-il possible d'avoir des ongles aussi noirs ? J'ai porté la *mucahua* à ma bouche en y posant le bout de mes lèvres. J'ai caché mon visage dans le creux de la *mucahua* pour éviter de laisser paraître tout le dégoût que j'éprouvais. Mon blocage psychologique m'a empêchée d'avaler sans goûter. Le liquide épais est resté dans ma bouche pendant quelques secondes, mes papilles gustatives se sont écœurées de la *chicha*. Plus j'attendais, moins je pouvais avaler. J'avais envie de vomir. J'ai pris mon courage à deux mains et j'ai fait cul sec. Dès que le supplice a été terminé, je me suis empressée de dire « Merci beaucoup » avec un vrai sourire d'hypocrite. J'ai redonné la *mucahua* à Aurelina.

J'avais été tellement concentrée sur ma *chicha* que je ne m'étais même pas rendu compte que Nelson était en train de jouer de la guitare et de chanter. Il m'avait dédié une chanson d'amour. Tout le monde s'était tourné vers moi, y compris Nelson, qui faisait son mariachi.

Siento energía que ocultas
porque cuando te miro
me hundo y me das miedo
de no poder corresponder.

Siento cuando sonríes
mi corazón acelera más
y mi inocente programa
lo diluyes sin fuerza.

Tu sonrisa, es esperanza,
basta con una sonrisa
para soñar despierto.

Cada sonrisa me lastima
me hiere y no me importa
ser prisionero de ella.

Je sens l'énergie que tu caches
parce que lorsque je te regarde
je plonge et j'ai peur
de ne plus pouvoir t'atteindre.

Je sens que lorsque tu souris
mon cœur bat plus vite
et tu anéantis sans effort
mes projets innocents.

Ton sourire est espoir,
un seul suffit
pour rêver éveillé.

Chaque sourire me fait mal
me blesse et il m'importe peu
d'être son prisonnier.

— Pourquoi tu m'as fait ça ? Je déteste les chansons d'amour ! Les paroles étaient trop cuculs en plus ! Je ne savais plus où me mettre.

— Pour rigoler. Et puis, pour avoir l'air crédible. Tu es ma future femme, pas vrai ?

— Je vais te tuer. Pourquoi est-ce que tu as raconté ça ?

— Bon, bon, ne te fâche pas. C'était trop drôle. Tu aurais dû voir ta tête. Tu ne m'as pas trouvé romantique ?

— Pas du tout. Ne me refais plus jamais ça !

— Allez, viens, on rentre à la maison avant qu'il fasse nuit.

Nous avons emprunté un pont en lianes qui franchissait le fleuve Bobonaza. Il était vraiment en piteux état et ressemblait à celui qu'on voit dans *Indiana Jones et le Temple maudit*. Le mauvais temps et l'usure l'avaient particulièrement altéré. Il y avait de nombreux trous et plus aucune rambarde pour s'appuyer, de sorte que je devais m'arranger pour garder constamment l'équilibre, au risque de tomber dans le vide. Mes efforts de concentration pour ne pas trébucher, jumelés à l'humidité ambiante, me faisaient suer à grosses gouttes.

— Fais attention, Magdalena ! Il manque des planches. Je vais passer en premier et je t'aiderai à enjamber. Ne regarde pas en bas, sinon tu vas avoir le vertige.

— OK… Si je tombe, tu viendras me sauver ?

— Quoi, tu ne sais pas nager ?

— Non, j'ai peur de l'eau. J'ai failli me noyer quand j'étais petite.

Chapitre 8

La maison des Santi

Quelques mètres avant d'arriver à la maison des Santi, on entendit des chiens aboyer. « Grâce aux chiens, dit Nelson, ma maman sait immédiatement… Ce sont des chiens de garde bien dressés. »

Une fillette s'agrippa à mes jambes dès qu'elle me vit et j'ai tout de suite senti que nous allions bien nous entendre. Elle devait avoir sept ou huit ans. « Je te présente Sicha », dit Nelson. Les traits du visage de Sicha ressemblaient étrangement aux siens. On aurait dit une petite Amérindienne qui sortait d'un dessin animé de Walt Disney : une Pocahontas en modèle réduit. Sicha était mignonne à croquer !

Rigoberta, la mère de Nelson, trottinait vers nous, les bras grands ouverts. Elle avait l'air d'une femme très énergique, en dépit de sa petite taille. Son visage, sillonné de rides, lui conférait une certaine sagesse.

— Je vous ai attendus tout l'après-midi ! Où étiez-vous passés ? s'enquit-elle. Je me suis fait un sang d'encre.

— Nous sommes allés rendre une petite visite à Aurelina. Nous avons un peu tardé. Magdalena a mis du temps à décider si elle allait goûter ou non à la *chicha*, se moqua Nelson.

— Ah oui ! Et puis ? As-tu aimé ça ? me demanda Rigoberta.

— Pas vraiment, me devança Nelson.

— Disons que le goût est particulier, répondis-je pour avoir l'air poli, au lieu de dire que je n'avais pas aimé.

— Moi, je bois seulement de la *chicha* que je prépare à la maison pour des raisons sanitaires. Ici, on fait toujours bouillir l'eau avant de la mélanger au yucca. Bon, je présume que vous devez avoir le ventre vide. Je vous ai préparé un bon *mayto* au poisson. J'ai enveloppé le poisson dans une feuille de palmier et l'ai fait mijoter une bonne partie de l'après-midi, pour être sûre qu'il soit bien cuit. Venez par ici, on va manger dans la cuisine. Je vous ferai visiter la maison après le souper.

Rigoberta se servait d'un poêle à bois pour cuisiner. Elle plaçait ses casseroles sur une grille en fer au-dessus du feu. Les pierres de charbon servaient d'accumulateur de chaleur et permettaient de garder les plats chauds à peine le temps de se servir une deuxième fois. Il fallait toujours prévoir la quantité exacte de nourriture, puisque aucun aliment ne pouvait se conserver dans une telle chaleur. J'ai pensé qu'un réfrigérateur aurait tout de même été bien pratique, mais personne, ici, n'en possédait.

— C'est mon ex-mari, Antonio, qui a entièrement conçu la maison, se plut à dire Rigoberta tout en réchauffant ses casseroles. Il a pensé à séparer la cuisine de la maison. Ingénieux, n'est-ce pas ? Je peux donc préparer mon *mayto* sans que les odeurs de poisson ne pénètrent à l'intérieur de la maison.

— Les matériaux utilisés proviennent entièrement de la forêt environnante, commenta Nelson. Nous avons la chance d'avoir toutes les ressources forestières nécessaires à proximité pour construire une maison traditionnelle kichwa.

— Antonio a dû partir pendant plusieurs jours dans la forêt, raconta Rigoberta. Franco et Emilio, nos voisins, l'ont accompagné en canoë à moteur. Ils ont marché dans la forêt à des kilomètres des régions habitées pour couper du bois à la tronçonneuse et ramasser suffisamment de feuilles pour la construction de notre maison. Nous avons organisé une grande *minga* pour que les voisins nous aident à la construire.

— Je doute fort que Magdalena ait déjà entendu parler de *minga* à Montréal. Explique-lui ce que c'est, maman.

— Très bien. La *minga* est un système d'organisation communautaire qui repose sur des travaux collectifs, tels que la construction d'une maison ou d'un canoë, le désherbage d'une *chacra* (exploitation agricole), la coupe de bois, etc. Cette entraide permet de renforcer les liens de solidarité entre les membres de la communauté. La seule condition pour ceux qui convoquent la *minga* est qu'il y ait assez de *chicha* pour tous les *mingueros*, ceux qui participent à la *minga*.

— Ce sont les hommes qui construisent les maisons, dit Nelson avec sa grosse voix de macho.

Je me suis surprise à penser que les femmes n'avaient pas leur place parmi les ouvriers de la construction. En Amazonie, comme ailleurs dans le monde, la construction reste un métier non traditionnel pour les femmes !

— Le sol et l'escalier sont en bois dur alors que le toit est tissé avec des feuilles de palmier, poursuivit-il. Comme tu vois, la maison est surélevée, ce qui permet d'éviter les dégâts d'eau. Il pleut toute l'année, en Amazonie, et les inondations sont assez fréquentes. La moyenne des précipitations annuelles est de 4 000 millimètres, tu te rends compte !

— Est-ce que c'est du solide ? demandai-je. Un toit en feuilles de palmier, ce n'est tout de même pas aussi résistant qu'un toit en zinc, pas vrai ?

— Aurais-tu peur qu'il te tombe sur la tête ? C'est sûr qu'un toit en zinc est beaucoup plus résistant qu'un toit en feuilles de palmier mais, au moins, notre maison a le mérite d'être une maison traditionnelle kichwa, insista Nelson. Une maison de ce type reste en bon état entre quinze et vingt ans. Après, il faudra reconstruire.

— Vous ferez une autre *minga* ! fis-je en lui adressant un clin d'œil.

Rigoberta nous avait préparé deux nattes qui nous serviraient de couchettes. Ce n'est pas ce soir que je dormirai sur un bon matelas, me suis-je dit.

J'étais contente de savoir que Nelson allait dormir à côté de moi. J'avais peur qu'une grosse bête vienne me dévorer pendant la nuit ou qu'une mygale avec des pattes velues me tombe dans le cou. La pièce que nous occupions était complètement aérée ; un peu comme si nous laissions nos portes et nos fenêtres de maison grandes ouvertes en permanence.

— Écoute, Magdalena, j'ai quelque chose à te dire…

Les traits du visage de Nelson se durcirent de sorte que je m'attendis au pire.

— Oui, je t'écoute.

— Sicha est ma fille, me confessa-t-il.

— Je m'en suis doutée… C'est ton portrait tout craché. Vous vous ressemblez comme deux gouttes d'eau ! Pourquoi ne m'as-tu jamais dit que tu avais une fille ?

Nelson prit une grande respiration.

— Eva est devenue enceinte de Sicha peu de temps avant notre séparation. Nous avons décidé de garder le bébé, même si nous savions que nous n'allions plus être ensemble. Mais Sicha a perdu sa maman lors de l'accouchement. Ça a été très difficile pour nous.

— Je suis vraiment désolée, dis-je, le souffle coupé.

— Après le décès d'Eva, Rigoberta s'est occupée de Sicha comme une mère. Elle l'a prise sous son aile. Je ne peux pas vraiment m'occuper de la petite, avec mon travail. Je préfère la confier à ma maman pour qu'elle ne reste pas seule toute la journée.

— Je comprends. Tu n'as pas à te justifier. En fait, Rigoberta joue en quelque sorte le rôle de maman de substitution.

— Sauf qu'il n'y a pas de papa… Moi, je ne suis presque jamais là. Et mon père est parti. De toute façon, il était toujours soûl, du matin au soir.

Nelson s'était tu. Il y eut un gros silence, un de ces silences qui me mettent mal à l'aise, un de ces silences où je n'arrive pas à trouver les mots justes, les mots réconfortants, les mots apaisants. J'aurais aimé serrer Nelson dans mes bras, mais je n'ai pas pu le faire. Je restai paralysée. Un oiseau nocturne se mit à battre de l'aile pour défier le silence et l'absence de mouvement.

— Tu entends ce bruit ? s'enquit Nelson.

— Qu'est-ce que c'est ?

J'avais la chair de poule.

— Je ne sais pas. Un monstre !

— Tu es trop bête.

— C'est sûrement des chauves-souris.

— Menteur ! Tu dis ça pour me faire peur.

— Je te jure que c'est vrai. Elles volent juste au-dessus de nous, certifia Nelson en allumant sa lampe de poche.

— Tu te crois malin ? La lumière fait fuir les chauves-souris.

— Ne sors surtout pas tes pieds de la couette. Les chauves-souris adorent sucer les orteils quand elles ne te sucent pas le crâne !

Cette nuit, je n'ai pas réussi à trouver le sommeil. La forêt grouillait d'insectes. J'étais à l'affût de tous les bruits de la nature. Je restais aux aguets de peur qu'une chauve-souris ne s'agrippe à mes cheveux. J'étais animée par des sentiments contradictoires. Je ressentais l'excitation de ma toute première journée en Amazonie et, en même temps, j'éprouvais une énorme tristesse pour Nelson et Sicha, ce qui m'a empêchée de fermer l'œil de toute la nuit. Le moment était venu d'écrire à Lina.

Chère Lina,

Ma première journée en Amazonie a été riche en rebondissements. Je n'ai pas vraiment eu d'accueil particulier à mon arrivée dans la communauté. À vrai dire, je ne m'attendais pas non plus à ce qu'on me réserve quelque chose de spécial. Tu pensais que j'allais avoir droit à un rituel ? Enfin, je te rassure, j'ai tout de même eu droit à un cocktail de bienvenue des plus mémorables… J'ai eu l'occasion de goûter la chicha, *une boisson faite à base de yucca. Ça a été mon apéro ! Écoute bien, les étapes de production de la* chicha *se résument en deux phases : mastiquer et cracher. Je te confirme que j'ai bu du crachat de yucca. Alors, cela te plairait d'y goûter lors de notre prochain 5 à 7 ?*

J'en ris maintenant, mais je crois que j'ai eu un gros choc culturel : le premier gros choc culturel de ma vie ! Je ne pouvais concevoir que des gens puissent boire et apprécier une telle boisson. Je me suis sentie différente à tout point de vue, au moment de goûter la chicha. *Est-ce que tu t'es déjà sentie étrangère à un certain milieu ? Il a bien fallu que j'accepte d'y goûter, sinon Nelson ne m'aurait sans doute jamais pardonné. Tu vas sûrement être très étonnée, mais je pense que je serais capable d'y goûter à nouveau. Comme d'habitude, j'ai dramatisé la situation. Et puis, la* chicha *fait partie de la culture kichwa. C'est une boisson différente de ce que nous avons l'habitude de boire et non pas une boisson dégoûtante. Chin chin,* sister *!*

Après, Nelson m'a conduite chez lui, où il m'a présentée à Rigoberta, sa maman, et à Sicha, sa fille. Oui,

Nelson a une fille. C'est une longue histoire... Rigoberta est une personne très dynamique, un peu comme maman : elle a de l'énergie à revendre. Mais contrairement à maman, elle n'est pas très bavarde. Elle a l'air d'une Sage, elle inspire confiance. J'ai presque eu envie de lui faire des confidences dès que je l'ai vue. La petite Sicha, quant à elle, est simplement adorable et surtout très discrète. Contrairement aux petites filles de son âge, elle ne joue pas.

La famille Santi a conservé un mode de vie traditionnel. Elle vit dans une maison en bois. Le toit est en feuilles de palmier. Tous les matériaux de la maison viennent de la forêt. En fait, une maison traditionnelle kichwa est en harmonie avec l'environnement. Il serait malvenu de construire une maison en brique en pleine forêt amazonienne ! Cela ne collerait pas du tout avec le cadre. J'aime bien la maison des Santi ! Elle est exotique !

Je te raconterai la suite de mes aventures plus tard. Je t'embrasse très très fort.

Magda

P.-S. : Tu diras à papa et maman de ne pas s'inquiéter et que je pense à eux.

Chapitre 9

Les rêves de la nuit

Nelson m'a réveillée à l'aurore pour prendre la *guayusa*, une tisane à base d'herbes. Les familles kichwas ont l'habitude d'en boire dès leur réveil, avant de commencer leur journée. Rigoberta et Sicha étaient en train de faire bouillir l'eau qu'elles venaient de puiser dans le fleuve Bobonaza. Nelson, lui, s'était donné pour mission de me tirer du lit.

— C'est l'heure de se lever ! cria-t-il en me secouant violemment l'épaule.

— Crie donc plus fort ! J'ai encore sommeil, dis-je en bâillant. J'ai des courbatures partout. Je reste couchée.

À des kilomètres de chez moi, j'ai réalisé que mon petit confort montréalais contribuait étroitement à mon bien-être quotidien. Mon oreiller en plumes d'oie et mon lit double me manquaient.

La commodité de la vie matérielle n'existe pas à Sarayaku. Je suis une privilégiée.

— Ne fais pas ta grosse paresseuse ! lança Nelson en m'arrachant la couette. Tout le monde t'attend.

— Tout le monde ? Qui ça, tout le monde ?

— Rigoberta et Sicha.

— Ah ! Regarde ça ! Qu'est-ce que j'ai sur les pieds ? Ça gratte.

— Tu as des plaques rouges. Tu t'es grattée ?

— Oui, pendant la nuit.

— On dirait des piqûres d'insectes. Il y a probablement des puces dans le matelas.

— Oh, mon Dieu ! Ça me gratte aussi entre les cuisses et dans le bas du dos ! Ne me dis surtout pas que des morpions sont passés par là.

— Si tu veux un bon conseil, ne gratte surtout pas et essaie d'oublier. Habille-toi !

J'ai rapidement enfilé un survêtement sans prendre la peine de me brosser les dents. J'ai rejoint toute la famille Santi, Rigoberta, Nelson et Sicha, dans la cuisine. De nos jours, la *guayusa* se prend avec les membres de la famille proche entre trois et six heures du matin, soit avant le lever du soleil. Autrefois, la famille élargie se réunissait au complet. Chacun raconte à tour de rôle les bribes de ses rêves de la nuit ou des nuits précédentes. Les membres de la famille les interprètent en leur attribuant une ou plusieurs significations. Les pensées du sommeil trouvent en partie leur sens dans les pensées du réveil. Pour les Kichwas, l'interprétation des rêves sert précisément à la planification de leur journée de travail et elle oriente leurs activités en conséquence. Ils ont totalement confiance en leurs rêves. Moi aussi, je fais confiance à mes rêves, sauf que je ne change pas mon programme de la journée pour autant.

— La *guayusa* est un pont entre le monde dans lequel nous vivons, les âmes de nos ancêtres et les esprits, professa Rigoberta. Dans notre culture, nous accordons une grande importance à l'interprétation des rêves. Au fil du temps et avec l'expérience, des significations ont pu être associées aux objets.

— Ma maman veut dire que l'interprétation de nos rêves est souvent prémonitoire, reprit Nelson. Dans le passé, plusieurs de nos rêves se sont réalisés.

— Les arbres et les animaux sont très forts, mais pas les humains, m'enseigna Sicha.

— C'est exact, confirma Nelson. Les arbres et les animaux représentent la force, alors que les maisons correspondent à des personnes ou à des villages.

— L'action de voler est associée au voyage ou à un avenir prometteur, me révéla Rigoberta. La vision rapprochée d'un mort peut signifier la maladie. La manifestation d'un chien anticipe l'apparition de problèmes avec une personne, voire la mort s'il aboie ou s'il attaque.

— Un sanglier est synonyme de danger et peut signifier l'arrivée des militaires, déclara Nelson.

Ses yeux s'assombrirent à l'idée d'une nouvelle invasion des forces armées. Le conflit socio-environnemental entre la communauté kichwa de Sarayaku et la Compagnie générale de combustibles reste très présent dans l'esprit des habitants de Sarayaku, qui redoutent à nouveau la militarisation de leur territoire.

— De quoi avez-vous rêvé, la nuit dernière ? s'enquit Sicha.

— Je ne me rappelle jamais mes rêves, sauf ceux dans lesquels m'apparaît Magdalena, échappa Nelson. Et je n'ai pas rêvé de toi cette nuit, ajouta-t-il en me narguant.

— C'est peut-être que tu ne méritais pas que j'apparaisse dans tes rêves, lui rétorquai-je pour lui renvoyer la balle. Moi, je n'ai pas réussi à m'endormir… De toute façon, mes rêves sont difficilement racontables.

— Tu fais des mauvais rêves ? s'inquiéta Rigoberta.

— Non, c'est que je mélange tout. Mes rêves sont souvent incohérents. L'univers de mes rêves comporte autant d'éléments réels que d'aspects imaginaires. Je crée un monde fictif qui n'existe que dans mon esprit.

— J'ai rêvé d'une hirondelle qui trissait, révéla Rigoberta. Étrange, il n'y en a pas, en Amazonie.

Chapitre 10

La vie communautaire à Sarayaku

Les Kichwas sont un peuple très travailleur. Leur journée de travail commence aussitôt qu'ils ont terminé leurs tasses de *guayusa.* Ils s'activent, souvent le ventre vide, dans leurs travaux respectifs afin de profiter des quelques heures fraîches avant le soleil tapant de midi. À Sarayaku, il existe une division du travail clairement établie entre les femmes et les hommes. Personne ne remet en question l'organisation du travail, que ce soit la répartition des tâches ou celle des responsabilités. Tout le monde semble pleinement satisfait de son sort.

Les activités économiques traditionnelles féminines et masculines occupent une place importante dans le quotidien des habitants de Sarayaku. L'agriculture de subsistance et la cueillette sont essentiellement pratiquées par les femmes, tandis que la chasse et la pêche sont réservées aux hommes.

— L'agriculture, la chasse et la pêche nous permettent d'accéder à l'autosuffisance et à la sécurité alimentaire. Nous travaillons toujours dans le respect de l'environnement en assurant la conservation durable des ressources naturelles, expliqua Nelson.

— Nous allons justement à la *chacra.* Veux-tu venir ? me proposa Rigoberta.

Elle avait accroché l'anse d'un panier en fibres végétales sur sa tête. Le panier tombait comme un sac à dos le long de son échine.

— Oui, bien sûr ! m'écriai-je, toute heureuse qu'elle me lance l'invitation.

Cette balade en forêt allait me permettre de découvrir les plantations de la famille Santi.

— Prends une paire de bottes en caoutchouc sous l'escalier, me conseilla-t-elle. Nous allons marcher à travers la forêt. Secoue-les bien avant de les mettre ! Il y a parfois des scorpions qui se glissent à l'intérieur.

— Si Magdalena vous accompagne, je viens aussi, dit Nelson.

— Tu n'étais pas censé aller à la pêche ? lui demandai-je.

— Je ne suis pas pressé. J'irai demain.

J'ai emprunté le sac à dos de Nelson pour ramener quelques produits de la *chacra*. Je me suis dit une fois de plus que j'aurais dû prendre le mien. Mon appareil photo faisait également partie de l'expédition. Je comptais bien photographier tout ce qui se présenterait sur mon passage.

Rigoberta s'est placée à la tête du groupe. Elle marchait d'un pas énergique, suivie de Sicha qui la talonnait en faisant claquer ses bottes en caoutchouc. *Flop flop*. À force de l'emprunter souvent, Rigoberta connaissait le chemin comme sa poche et Sicha commençait à prendre ses repères. Moi, j'avais totalement perdu mon sens de l'orientation au milieu de cet immense espace vert. De temps à autre, Rigoberta me disait pour me taquiner : « Si tu n'es pas sage, nous allons t'abandonner. » Je lui répondais que je serais d'une sagesse infaillible, de peur qu'on me plante là en pleine jungle, toute seule !

Rigoberta avait apporté sa machette pour abattre les branches d'arbre qui gênaient le passage. Un sentier s'était tracé à certains endroits à force de les abattre, mais la forêt primaire restait indomptable. Il fallait continuer à défricher la forêt sans relâche pour être en mesure de conserver un chemin, car les arbres poussaient pendant la nuit. Nous marchions à la queue leu leu. Nelson me tendait régulièrement la main afin que je ne dérape pas. Il passait tantôt devant moi, tantôt derrière moi pour m'aider à grimper ou à descendre. De l'eau était entrée dans mes bottes. J'avais les pieds tout vaseux dans mes semelles boueuses.

— Génial ! Un singe ! Je vais prendre une photo, dis-je en sortant mon appareil du sac à dos.

— Zut ! J'aurais dû apporter ma sarbacane, regretta Nelson. Normalement, il faut marcher au moins une journée avant d'en croiser un. On n'a pas l'habitude d'en voir si près de la maison.

— Ce que Nelson ne te dit pas, c'est qu'il ne reste presque plus de singes dans la forêt. Nos hommes en ont trop chassés ! Ce sont de véritables carnivores ! lança Rigoberta.

— Merde ! Le singe s'est enfui. Je n'ai même pas eu le temps de faire les réglages.

— C'est parce que vous avez fait trop de bruit, nous sermonna Sicha, qui était restée silencieuse.

Pour me consoler, je pris la photo d'une orchidée sauvage dont le doux parfum se répandait aux alentours. Les espèces végétales suscitaient cependant moins mon intérêt que les animaux en voie de disparition. Nous poursuivîmes tranquillement notre chemin. La forêt amazonienne sentait bon ! L'humidité faisait jaillir l'odeur de la terre. Des morceaux de bois craquaient sous nos pas. J'entendais des milliers de bourdonnements, mais j'étais incapable de distinguer d'autres espèces animales. Le pelage des animaux se confondait à la nature.

— L'équilibre fragile de la nature est encore intact, commenta Nelson en observant la végétation. Si le pétrole de notre forêt avait été exploité, une quantité innombrable d'espèces animales et végétales auraient été anéanties. Cet arbre, par exemple, c'est le *zumbona*, dit-il en caressant son écorce. Sa sève fait baisser la fièvre. C'est excellent contre la diarrhée, et vraiment très efficace pour soigner les troubles de l'estomac !

— Chuuuut... J'ai repéré un toucan, dis-je, cette fois-ci en chuchotant. Tu vas le faire fuir.

— Duquel tu parles ? s'enquit Nelson en pointant un doigt vers un groupe de six toucans nichés dans les cavités d'un arbre.

— Il y a un nid, remarqua Sicha. Les bébés toucans naissent entièrement nus, comme nous, les êtres humains, lorsque nous venons au monde.

— Les toucans ne s'emplument que six semaines après leur naissance, reprit Nelson.

Les arbres regorgeaient de familles de toucans à bec rouge qui se déplaçaient d'arbre en arbre à la file indienne. Moi qui croyais avoir trouvé l'unique toucan de la forêt ! Nelson a des yeux de lynx, me dis-je. Il voit tout. Il entend tout. Il sent tout. Je n'ai pas les sens aussi développés que lui. Nelson vit avec son environnement, tandis que moi je survis contre le mien. J'avais l'impression de vivre en harmonie avec mon environnement à Montréal, mais on dirait que mes sens me font défaut en Amazonie. La nature brouille mes sens. Je venais encore une fois de me faire piquer par un moustique. Mes pensées se bousculèrent. Allais-je finir par apprivoiser la nature ? Ou bien la nature m'apprivoiserait-elle un jour ? Nelson, lui, fait partie de son environnement. Il est en communion avec la nature. Les insectes ne le piquent pas. Les Kichwas entretiennent une relation privilégiée avec la terre mère. Être en harmonie avec la nature, cela signifie-t-il être en harmonie avec soi-même ?

Après deux bonnes heures de marche, nous sommes finalement parvenus à la *chacra* de la famille Santi. La terre est un bien collectif chez les Kichwas, mais chaque famille de Sarayaku dispose de sa propre parcelle de terre. L'usage de la terre n'est cependant pas exclusif à une famille. La *chacra* de la famille Santi est une gigantesque exploitation agricole s'étendant sur une superficie d'environ 10 000 hectares. Rigoberta et Sicha y avaient planté de la pomme de terre, de la canne à sucre, du piment, des oignons, des tomates et une quantité innombrable de variétés de bananes et de yuccas. L'avantage du yucca est qu'il peut être récolté dans les huit à vingt-quatre mois après sa plantation, contrairement à la banane, dont la culture prend beaucoup plus de temps.

Sicha grimpa aux bananiers comme un petit singe pour aller récolter les fruits. Haut perchée dans l'arbre, elle sautait, se balançait, elle en secouait les branches, avec ses petits doigts de fée, pour faire tomber les bananes à terre. Les bananes dégringolaient par dizaines pendant que nous les ramassions quatre par quatre pour les ranger dans les paniers.

— Aïe ! Ça fait trop mal ! J'ai reçu une banane sur la tête, fis-je en passant la main sur mon crâne.

— Haha ! Regardez, elle en a plein les cheveux ! se moqua Sicha en s'épluchant une banane.

— Haha ! Tu te moques de moi, petite coquine ? Fais attention, à force de ricaner, tu risques de glisser sur une peau de banane !

— Haha ! Tu es toute décoiffée ! me dit Nelson, me tournant en ridicule.

— Je me recoifferai plus tard, fis-je en haussant les épaules. (Comme si je n'avais pas d'autres soucis que de me préoccuper de ma coiffure !) C'est super bon pour les cheveux, la banane écrasée !

— Haha ! Tu racontes n'importe quoi ! railla Nelson.

— Si, c'est vrai, je sais de quoi je parle. Je l'ai lu dans un article de *Cool*.

— Et tu crois tout ce que *Cool* raconte ! En tout cas, ça tombe bien, car moi, je commençais à avoir un petit creux. Est-ce que tu permets que je goûte ta banane aux cheveux ? ironisa Nelson.

— Trêve de plaisanterie, dit Rigoberta, nous rappelant à l'ordre. On ne joue pas avec la nourriture. Si vous avez faim, il y a tout ce qu'il faut ici. Allez cueillir ce que vous aimeriez manger.

— Il y a de quoi faire un bon repas végétarien ! plaisanta Nelson.

— Dommage pour les carnivores ! rétorquai-je.

Pour le dessert, Nelson avait coupé des morceaux de canne à sucre que nous avons sucés comme des bonbons sur le chemin du retour. Nous sommes revenus à la maison les paniers remplis de yuccas, de bananes plantains et de patates douces. Les produits récoltés de la *chacra* étaient uniquement destinés à l'autoconsommation et non à la vente. Mon sac à dos était plein à craquer de yuccas. Je pris peur que mon appareil photo n'ait été écrasé sous leur poids, mais la réalité était bien pire : je me suis aperçue en vidant le contenu du sac à dos qu'il avait disparu.

— Est-ce que quelqu'un a vu mon appareil photo ?

— Non. Tu ne l'aurais pas oublié à la *chacra* ? interrogea Nelson.

— Non, je ne l'ai pas sorti là-bas.

Un sentiment de panique m'envahit. Je ne pouvais pas avoir perdu mon appareil photo. Non, ce n'était pas possible.

— Il a probablement dû tomber de ton sac à dos, conclut Nelson.

Soudain, j'ai explosé.

— Je ne le retrouverai jamais, dans cette jungle infernale ! J'en ai ma claque de l'Amazonie ! Je ne supporte plus cette moiteur du matin au soir ! Mes piqûres d'insectes me démangent ! J'en ai marre des moustiques ! J'en ai marre des puces ! Les plaques rouges entre mes cuisses me font horreur !

Nelson essaya de me raisonner.

— Calme-toi, c'est juste un appareil photo. Et je t'avais dit de ne pas gratter ! Tu ne m'as pas écouté.

La perte de mon appareil était le cadet des soucis d'un Kichwa, qui n'accordait aucune importance à un objet matériel. Toutes ces considérations restaient étrangères à Nelson, peu importe la valeur matérielle ou sentimentale de l'objet.

Une question m'obsédait : comment allais-je pouvoir garder des souvenirs de mon voyage en Équateur ? Je culpabilisais. Tout était ma faute. Je n'aurais pas dû m'énerver. Je te demande pardon, grand-père ! Je t'avais promis d'en prendre soin… Il me restait toujours les lettres que j'avais écrites à Lina. Je comptais d'ailleurs lui écrire ce soir. Tout n'était pas perdu. Les lettres permettraient de conserver une trace de mon passage en Équateur.

Rigoberta était imperturbable. Elle peignait une *mucahua* avec un pinceau qui comportait seulement trois poils. Sicha observait dans les moindres détails la technique de peinture qui exigeait un travail extrêmement méticuleux. Elle recopiait les motifs, avec minutie, sur sa céramique à moitié ébréchée. Elle apprenait en regardant, elle imitait en s'appliquant. À Sarayaku, les connaissances et les savoir-faire traditionnels se transmettaient de génération en génération. Plus tard, Sicha apprendra à ses filles, lesquelles apprendront à leurs filles à fabriquer elles aussi de belles *mucahuas* selon les règles de l'art.

— Les *mucahuas* que nous confectionnons, nous, les femmes de Sarayaku, se vendent comme de petits pains chauds, déclara Rigoberta. J'irai porter ma *mucahua* à la Coopérative de la céramique du village dès qu'elle sera achevée.

En effet, ces *mucahuas* étaient réputées à travers le monde entier pour leur qualité exceptionnelle. La Coopérative se chargeait d'exporter les *mucahuas* à l'extérieur de la communauté, en Équateur et à l'étranger, et Rigoberta touchait un pourcentage sur chaque *mucahua* vendue.

— L'artisanat est une activité économique en pleine expansion, avança Nelson. Le commerce de *mucahuas* constitue une source de revenus non négligeable pour les femmes de la communauté. Il leur permet d'accumuler des billets verts, des dollars américains, et d'acquérir une certaine autonomie financière. Les femmes sont fières d'affirmer leur indépendance par rapport aux hommes. Ma maman peut s'émanciper d'un époux qui ne remplit pas son rôle.

J'étais songeuse. Nelson en voulait-il à son père d'être parti ?

Rigoberta laissa sa *mucahua* de côté pour vaquer à une autre occupation. Comme dans toutes les cultures, la préparation des repas demeurait l'apanage des femmes. Il incombait à Rigoberta de s'occuper des tâches domestiques en plus d'accomplir sa journée de travail.

— Tu me montres ? lui demandai-je avec l'envie d'apprendre à cuisiner à la manière des Kichwas.

— Tu dois râper le yucca comme ceci, m'enseigna Rigoberta en le râpant sur une branche d'arbre épineuse. Tu dois y aller de façon énergique en prenant garde de ne pas y laisser un bout de doigt.

— Vous faites de la farine de yucca ? interrogea Sicha.

— Oui, on va faire des tortillas, répondis-je.

— Miam-miam ! C'est trop bon, les tortillas. Je me régale déjà, dit Sicha en se léchant les babines pendant qu'elle passait sa main sur son ventre rond.

Rigoberta me donna un cours de cuisine kichwa pendant que Sicha mettait la table. Elle m'expliqua que le yucca, riche en amidon, était l'aliment de base des Kichwas, bien que sa valeur nutritive fût limitée. Les préparations culinaires en sont multiples : farine, pain, tortillas, galettes, bâtonnets de yucca frits, sans oublier la fameuse *chicha* dont je raffole ! L'alimentation n'est pas très diversifiée en Amazonie. En résumé, les repas sont faits de yucca et de yucca. Le singe braisé, le caïman braisé ou d'autres viandes fumées ainsi que les poissons d'eau douce constituent le principal apport en protéines. Les enfants souffrent probablement d'une carence en calcium, puisque aucun produit laitier ne circule dans la communauté. L'activité culinaire s'est close par une séance de dégustation : le souper.

Après le repas, Nelson avait une requête spéciale à me faire.

— J'aurais besoin de ton aide, me dit-il, en me montrant le *huitu*, un fruit dont la forme ressemblait à celle d'un avocat, mais qui était légèrement plus petit.

— Qu'est-ce que je peux faire pour toi ?

— Je voudrais que tu me mettes du *huitu* dans les cheveux.

— Avec plaisir ! Veux-tu que je te fasse une nouvelle coupe de cheveux ? Je pourrais te faire deux chignons de chaque côté de la tête et enrouler tes cheveux autour.

— Très drôle. Ce ne sera pas nécessaire. Je voudrais que tu me teignes les cheveux avec du *huitu*. La peau du *huitu* possède une substance colorante noire que nous utilisons pour nous teindre les cheveux ou nous peindre le corps.

— Et comment je fais ça ? Tu veux que je coupe le fruit en deux ?

— Tu dois simplement le râper de la même manière que tu as râpé le yucca tout à l'heure. Tu te rappelles comment râper ?

— Pas de problème. Maintenant, je suis devenue une experte en râpage.

Je râpai la peau du fruit encore vert pendant que Nelson me regardait faire. Je pressai le *huitu* râpé en serrant mon poing afin d'en extraire le jus.

— Tout d'abord, répartis le jus de *huitu* sur le dessus de ma tête.

Ses longs cheveux noirs tombaient jusque dans le bas de son dos. Cela m'a pris plusieurs *huitus* pour lui en mettre sur toute la tête et obtenir une teinture noire uniforme.

— Maintenant, tu peux commencer à en couvrir la longueur des cheveux.

J'étalai le *huitu* sur toute la chevelure de Nelson. Je m'en étais mis partout.

— Tu peux terminer par le massage du cuir chevelu.

— Profiteur ! Tu te crois chez le coiffeur ?

— Ça aide à faire pénétrer le *huitu*.

— Tu es beau, avec tes longs cheveux noirs. Tu es authentique.

— Et toi, tu es pleine de *huitu* ! Tu ferais mieux d'aller te rincer si tu ne veux pas avoir les mains et les bras tatoués.

— Ils ne sont même pas noirs…

— Oui, c'est tout à fait normal. La teinture n'apparaît pas tout de suite après avoir été appliquée, mais le lendemain. Demain, je me peindrai le corps.

Nelson oscillait sciemment entre deux univers que tout oppose. Il côtoyait le monde occidental et le monde indigène. Il appartenait à la fois à la modernité et à la tradition. Il avait beau s'habiller à l'occidentale à Quito et à Montréal, l'empreinte de ses origines refaisait surface en Amazonie, où il troquait sa tenue de ville pour quelque chose de plus léger : un maquillage du visage et du corps, des peintures de guerre traditionnelles.

Les effets du *huitu* n'étaient pas encore apparus sur mes mains, mais son odeur m'incommodait. Il était temps que j'aille me rafraîchir. Je ne sentais plus la rose après avoir passé la journée les pieds dans la boue. Ramón, le frère de Nelson, avait fait installer une pompe à eau. Le robinet d'alimentation se situait en aval de la maison des Santi et en amont du fleuve Bobonaza. Il n'était pas possible d'installer le robinet à l'intérieur de la maison, car il aurait été trop éloigné de la source, l'eau ne se serait certainement pas rendue jusque-là. La famille Santi pouvait tout de même s'estimer chanceuse d'avoir un point d'eau à proximité de chez elle, étant donné que la plupart des familles allaient puiser l'eau directement à la source.

Le problème, c'était que l'emplacement du robinet se trouvait en pleine nature, près du chemin qui menait à la maison. J'accrochai ma serviette et celle de Sicha, qui s'était jointe à moi, à une branche d'arbre pour me libérer les mains. J'ai laissé couler l'eau du robinet jusqu'à la moitié du seau. Il y avait une bouteille en plastique de 500 millilitres qui flottait sur l'eau au beau milieu du seau. Sicha s'amusait à la remplir et à la vider, car elle aimait entendre le glouglou que faisaient les bulles. C'était la première fois que je la voyais jouer. Nous nous sommes servies de la bouteille pour faire notre toilette parce que le seau était trop lourd à soulever. On a joué à s'éclabousser en se savonnant. Nous étions couvertes de mousse. Avec une certaine pudeur, j'ai enroulé ma serviette autour de moi au moment de me nettoyer les parties intimes, en prenant garde qu'aucun passant ne me voie. Nous nous sommes rincées, puis séchées.

À la tombée de la nuit, la journée prit fin. L'heure était venue que j'enfile mon pyjama. J'eus le réflexe de chercher un interrupteur pour éclairer l'escalier de la maison ; j'avais oublié qu'il n'y avait pas d'électricité à Sarayaku. Nous allumâmes une chandelle pour ne pas monter dans le noir. J'attendis quelques minutes avant de souffler ma bougie parce que j'avais prévu d'écrire à Lina.

Lina,

Comme promis, je te raconte la suite de mes aventures. Je t'écris à la lumière de ma bougie, car à Sarayaku, je te le rappelle, il n'y a pas d'électricité ni d'eau courante. Et pour être franche avec toi, je m'en passe bien. Cela ne me dérange pas d'être éclairée à la bougie ou de me laver à l'aide d'un seau d'eau. Mon confort montréalais ne me manque plus. Je m'habitue à fonctionner ainsi et je dois dire que ce retour à la nature me fait du bien.

J'aimerais te décrire ma première journée d'immersion à la vie communautaire.

Nous avons marché à travers la forêt pendant plusieurs heures pour nous rendre à la chacra. *J'ai même croisé un singe et des toucans en chemin ! Tu te rends compte ! Tu dois te demander ce qu'est la* chacra. *C'est une plantation dans laquelle on cultive des fruits et des légumes. C'est gigantesque ! Je ne saurais te dire combien de temps nous avons marché : j'ai perdu la notion du temps. À notre arrivée à la* chacra, *Sicha a grimpé aux arbres comme un petit singe pour aller récolter des bananes. C'est incroyable ! Elle est vraiment très habile. Enfin, pas toujours... Il lui arrive parfois d'échapper des bananes. Elle en a fait tomber une sur ma tête, ce qui a déclenché un fou rire chez les Santi.*

Ce qui est bien à la chacra, *c'est que lorsqu'on a faim, on n'a qu'à tendre le bras pour cueillir ce qu'on a envie de manger. C'est magique ! En plus, tout est gratuit ! Nous avons ramené beaucoup de vivres.*

De retour à la maison des Santi, j'ai observé Rigoberta et Sicha en train de peindre des céramiques. Elles sont vraiment très douées toutes les deux. Ce sont de véritables artistes ! Rigoberta m'a ensuite appris à faire la cuisine kichwa. Je l'ai aidée dans la préparation de tortillas de yucca. En fin de soirée, Nelson a fait appel à mes talents de coiffeuse pour que je lui teigne les cheveux avec du huitu. *Je lui ai fait une teinture naturelle, sans produits chimiques, avec ce fruit colorant. Ici, tout est authentique.*

L'escapade à la chacra, *la peinture sur céramique et la préparation du repas, tout comme la séance de coiffure, ont égayé ma journée. Toi aussi, tu aurais certainement apprécié cette journée. Plongée comme je le suis au cœur de la culture kichwa, j'ai pu découvrir l'art de vivre à Sarayaku. Cette journée de travail on ne peut plus typique m'a permis de me familiariser avec les différentes activités des habitants de Sarayaku, plus particulièrement celles qui sont exercées par les femmes.*

Rigoberta porte de lourdes charges et marche de longs trajets en forêt. Elle se rend à la chacra *au moins un jour sur trois pour aller chercher suffisamment de vivres, car elle a la responsabilité de nourrir toute sa famille. Elle a la chance d'être en excellente condition physique. Rigoberta doit certainement être très fatiguée à la fin de la journée, mais elle ne se plaint jamais. Je lui aurais bien recommandé le masseur professionnel de maman, mais il est à Montréal. Je pourrais peut-être lui proposer de lui faire moi-même un massage, la prochaine fois. Tu penses qu'elle accepterait ?*

Les hommes ne s'ennuient pas non plus, à Sarayaku. Dans cette paroisse, il y a du travail pour tout le monde. Les enfants travaillent aussi. La petite Sicha aide à l'accomplissement des tâches sous la supervision de Rigoberta. On ne peut pas dire que Sicha est une enfant gâtée.

J'oubliais de te dire qu'aujourd'hui, j'ai perdu mon appareil photo. Rassure-toi, je ne suis plus triste. Il y a des choses plus importantes qu'un appareil photo. Tant pis pour les photos. Je ramènerai d'autres souvenirs…

Lorsque je soufflerai ma bougie, Sarayaku sera plongé dans l'obscurité totale.

Bonne nuit

Magda

Chapitre 11

L'univers des Kichwas

Un grand rassemblement de cinq cents personnes devait avoir lieu sur la place du village, à Sarayaquillo. L'ensemble des habitants de Sarayaku allait se mobiliser pour discuter des conséquences de l'exploitation pétrolière. Mon professeur de philosophie m'avait enseigné que la place publique était l'endroit idéal pour les débats de société, mais je n'avais encore jamais eu l'occasion d'assister à un rassemblement comprenant un nombre si important de personnes. Nelson m'avait proposé d'y aller et j'avais accepté avec grand plaisir son invitation. J'espérais avoir une idée un peu plus claire du conflit socioenvironnemental opposant la communauté kichwa de Sarayaku à la Compagnie générale de combustibles.

Le chef du village, au cœur de la place, dominait la foule. Il était en plein débat d'idées avec ses *kurakas*. Le *kuraka* était autrefois un chaman ; aujourd'hui, il est médiateur. On pouvait entendre les propos d'un des *kurakas* d'où nous étions placés, Nelson et moi : « La forêt pluviale est en danger ! Nous sommes en danger ! »

Le chef du village s'arrêta soudainement de parler et regarda tout droit en direction de Nelson. C'était comme s'il avait senti sa présence. « Silence ! ordonna-t-il en faisant signe à la foule de se disperser. Laissez place au grand guerrier ! »

Nelson avança avec un port de tête majestueux vers le chef du village. Ils se saluèrent solennellement, comme l'exigeait la coutume. Je le regardais un peu bêtement. Nelson, guerrier ? Mon Nelson ? Je ne pouvais pas croire que Nelson puisse être un guerrier ! Pourquoi ne m'a-t-il rien dit ? « La parole au grand guerrier ! fit le chef du village. Qu'il nous expose son point de vue sur l'exploitation pétrolière. »

Nelson salua la foule en kichwa avant de commencer son discours.

— Nous, les Kichwas d'Amazonie, sommes très proches de la nature, affirma-t-il. Nos croyances sont profondément enracinées dans l'environnement. Nous utilisons depuis des millénaires la diversité biologique qui nous entoure. Le bon fonctionnement de notre système d'organisation communautaire dépend des ressources forestières environnantes. Et notre particularité culturelle réside dans la volonté de conserver et de préserver ce mode de vie traditionnel.

— Et notre fleuve ! Notre fleuve a des fonctions multiples, poursuivit une jeune femme. Nous naviguons en canoë sur le fleuve Bobonaza. Nous pêchons ses ressources halieutiques. Nous utilisons son eau pour cuisiner, pour boire et pour laver notre linge. Nous faisons notre toilette quotidienne dans ses ruisseaux. Nos enfants jouent dans ses rivières. La salubrité du fleuve Bobonaza est importante pour nos familles et nos enfants !

— En effet, approuva le grand guerrier. Imaginez un seul instant que la Compagnie générale de combustibles vienne s'implanter chez nous ! Les conséquences de la pollution entraînée par l'exploitation pétrolière seraient désastreuses, non seulement pour la vie du fleuve, mais également pour notre peuple. C'est la raison pour laquelle nous nous opposons fermement à toute forme d'exploitation pétrolière sur notre territoire !

— Non à l'exploitation pétrolière ! s'écria la foule.

— N'oublions jamais que notre culture est intimement liée à l'environnement, rappela Nelson. Notre culture est indivisible de la nature, elle s'unit à la nature pour former un tout harmonieux. Nous devons continuer à vivre selon la cosmovision indigène en défendant nos trois grands principes : la solidarité, la complémentarité et la réciprocité !

— Luttons pour la culture kichwa ! scanda la foule.

— Souvenons-nous de la militarisation de notre territoire, ajouta un homme d'un certain âge. *Jista*, la fête traditionnelle la plus importante de l'année, n'a pu être célébrée à cause de l'incursion des forces armées sur notre territoire !

— Non à l'exploitation pétrolière ! cria encore la foule. À bas la Compagnie générale de combustibles !

— Je constate que tout le monde s'oppose fermement à l'exploitation pétrolière, reprit le chef du village. Nous, les Kichwas de Sarayaku, ne pouvons accepter aucun changement dans notre façon de vivre. Nous tenons à conserver et à préserver notre mode de vie et nos moyens de subsistance. Nous tenons à assurer la survie de notre peuple, à transmettre nos savoir-faire et nos connaissances traditionnelles à nos enfants et à nos petits-enfants. La communauté kichwa de Sarayaku résiste et résistera à toute forme d'exploitation pétrolière sur son territoire pour le bien-être des générations futures.

— Longue vie à Sarayaku !

— Qu'est-ce donc, la fête traditionnelle *Jista* ? demandai-je.

— La fête *Jista* nous permet, à nous les Kichwas, de renouer avec notre territoire, m'expliqua Rigoberta.

— Nous, les hommes, allons à la chasse pendant une semaine, affirma Nelson. Le vendredi suivant, nous revenons au village la tête ornée de plumes de toucan, le corps et le visage couverts de peinture, des peaux d'animaux sur le dos et, surtout, les bras remplis de viande fumée. Pour célébrer notre retour parmi les nôtres, nous jouons de la flûte et du tambour en dansant au sein de toute la communauté. Nous rendons visite aux femmes de tous les chasseurs en exhibant la viande fumée de maison en maison.

— Nous, les femmes des chasseurs, les recevons comme des rois. En échange de la viande qu'ils rapportent, nous leur faisons honneur en leur servant un repas des plus copieux. Les chasseurs se rincent le palais avec de la *chicha* jusqu'à épuisement des jarres. Le samedi est consacré à la journée des fleurs ; le dimanche, un grand repas communautaire est organisé.

— Durant les quatre jours suivants, nous chantons, nous dansons, nous buvons et nous élisons le vainqueur de la fête. Celui qui a ramené le plus de viande au village est couronné.

— Tu ne pourras malheureusement pas assister à la fête *Jista*, car elle a lieu à la mi-février. Voilà un bon argument pour que tu reviennes nous voir ! dit Nelson en souriant.

Lorsque Nelson eut le dos tourné, Rigoberta me livra un des plus grands tabous de sa communauté.

— La consommation d'alcool durant les fêtes est un fléau considérable que je ne pourrais passer sous silence, dit-elle. La boisson est le péché de nos hommes. Les effets destructeurs de l'alcool amènent leur lot de violence. Les hommes soûls perdent le contrôle de leur âme et se transforment en véritables bêtes sauvages. Les hommes se battent entre eux. Parfois, ils vont jusqu'à s'entretuer. Les hommes battent également leurs femmes. Selon la tradition, la fête ne prend fin qu'après avoir terminé la dernière goutte de *chicha*. Nous apportons ensuite nos offrandes aux esprits de la nature en les déversant dans le fleuve Bobonaza.

— Tu sais, les communautés du Québec connaissent, elles aussi, de nombreux problèmes liés à la consommation de drogue et d'alcool. Les hommes peuvent adopter quelquefois des attitudes et des comportements violents. La violence n'est pas seulement physique, mais aussi verbale… Et les femmes sont souvent les premières à en pâtir.

Du coup, j'ai voulu changer de sujet.

— Tiens ! Ce n'est pas la Coopérative de la céramique du village, là-bas ? demandai-je à Rigoberta en pointant un index vers la Coopérative.

— Oui, répondit-elle en sortant de son baluchon une *mucahua*. Prends-la, c'est pour toi, me dit-elle en me tendant la *mucahua*. Finalement, je ne suis jamais allée la porter à la Coopérative. J'ai préféré la garder plutôt que la vendre. J'ai pensé que cela pourrait te faire plaisir d'avoir un souvenir des femmes de Sarayaku.

— C'est pour moi ?

— Oui, je te l'offre.

— Oh, merci Rigoberta ! Merci de tout mon cœur ! Cela me touche beaucoup !

Chère Lina,

Tu ne devineras jamais ce que je viens d'apprendre. Je pensais que Nelson se peignait le visage et le corps à l'image des guerriers traditionnels, mais Nelson est réellement un grand guerrier kichwa. Oui, un guerrier ! Je te le jure ! Comme d'habitude, il ne m'en a même pas glissé un mot. En fait, contrairement à ce que je croyais, Nelson n'a pas la rage au cœur ni un esprit revanchard. Il est animé par une volonté de justice sociale. Il lutte pour la survie de son peuple et pour la protection de l'environnement. Nelson est la version kichwa de Chico Mendes, le grand défenseur des seringueros et de la forêt amazonienne brésilienne.

Dans une de mes dernières lettres, il me semble t'avoir mentionné que Rigoberta inspirait la confiance.

Il faut croire que moi aussi, j'inspire la confiance. Elle m'a fait une confidence sur les hommes de son village, cet après-midi. Elle m'a confié qu'ils buvaient beaucoup et qu'ils pouvaient parfois être très violents. J'ai le sentiment qu'elle garde beaucoup de choses en elle et qu'elle porte un secret très lourd depuis bien trop longtemps. Peut-être que ce secret est lié à la relation avec son ex-mari Antonio. Il y a autre chose qui me tracasse. C'est à propos de Nelson. Nelson est un grand guerrier, mais se peut-il qu'il se laisse tenter, lui aussi, par l'abus de l'alcool ? De quels hommes parlait Rigoberta en me faisant sa confidence ?

Il faut que je médite là-dessus ! Je te laisse.

Magda

Chapitre 12

L'esprit du chaman

J'étais assise avec la famille Santi autour du feu. La fumée s'élevait jusqu'au plafond de la cuisine. La chaleur faisait sécher les feuilles de palmier, ce qui permettrait de les conserver plus longtemps. Là, je sentais que je faisais partie de la famille. Je me suis intégrée à cette famille kichwa qui me considérait comme une des leurs. Les Santi m'avaient adoptée et je m'étais attachée à eux au fil des jours.

Les gouttes de pluie ruisselaient sur le toit de la cuisine. Une ambiance de paix régnait sur l'épaisse forêt d'Amazonie. J'entendais le bruissement des palmes, je sentais le doux parfum des orchidées, je pouvais sentir la présence des tapirs autour de la maison. Plus je faisais confiance à mon instinct, plus les éléments de la nature devenaient perceptibles. C'était donc cela être en harmonie avec la nature. C'était faire partie de l'environnement au même titre que les arbres, les plantes et les animaux. L'atmosphère était propice pour évoquer les esprits et entrer en communication avec eux.

— Le grand chaman Santi était très respecté dans notre communauté, raconta Rigoberta. Il possédait la faculté de voyager dans l'au-delà, une multitude de mondes parallèles au nôtre, où résident des êtres humains, des animaux, des plantes, des astres, une infinité d'esprits et d'âmes de défunts. Son âme partait à la rencontre des esprits et des ancêtres pour diagnostiquer et guérir des maladies ou négocier des ententes avec des êtres invisibles. Le vieux sage revenait toujours de ses voyages en possession de nouvelles connaissances. Grâce à ces informations privilégiées, il pouvait renverser des situations problématiques ou conflictuelles, ce qui faisait l'enchantement de la communauté.

— À l'heure actuelle, il reste très peu de chamans en Amazonie, m'expliqua Nelson. La plupart se sont entretués lors de guerres chamaniques, de guerres militaires ou de guerres tribales. Les chamans étaient autrefois très impliqués dans la guerre : ils préparaient les guerriers et élaboraient des stratégies de combat. Certains hommes chamans occupaient également la fonction de guerrier.

— Les épidémies ont aussi soudainement frappé notre communauté, se remémora tristement Rigoberta. Nous avons soupçonné le chaman du clan voisin d'évacuer les maux de sa communauté en les redirigeant sur la nôtre. Aussi surprenant que cela puisse être, l'acte de guérison est aussi une forme d'agression… Les pouvoirs du chaman Santi ont été affaiblis et il a perdu la faculté de guérir. Des chamans ennemis l'avaient ensorcelé. Le chaman Santi a mené une guerre spirituelle contre les esprits maléfiques afin de neutraliser le mauvais sort ; guerre au cours de laquelle il a été évincé.

— Ma maman a entrepris son initiation après le décès de mon grand-père, affirma Nelson. Elle est en train d'apprendre à Sicha à reconnaître les différentes plantes médicinales. Elles sillonnent toutes les deux la forêt pour récolter des plantes médicinales.

— Sicha est l'apprentie de Rigoberta ? Rigoberta est chaman ? demandai-je, intriguée.

J'étais beaucoup moins surprise qu'au moment où j'avais appris que Nelson était un grand guerrier. Je n'en demeurais pas moins étonnée.

— Parlez-moi des esprits de la nature. Il y en a combien ?

— Il existe un nombre infini d'esprits… Nunguli est l'esprit de la terre, dit Rigoberta. Elle est la divinité féminine de la fertilité de la terre mère. C'est donc aussi la protectrice des cultures fruitières et maraîchères. Nunguli prend soin de notre yucca et de notre terre argileuse pour la fabrication de céramiques.

— Amazanga est l'esprit de la forêt. Il est l'être suprême, déclara Nelson en se bombant le torse. C'est le maître de la faune. Il veille sur nous lorsque nous allons à la chasse.

— Nunguli et Amazanga sont des esprits complémentaires qui transmettent la connaissance aux femmes et aux hommes, ajouta Rigoberta.

— Tzumi est le maître des esprits de l'eau, termina Sicha. L'anaconda est son moyen de transport. Les remous qu'il provoque sont la porte d'entrée au domaine du Tzumi.

— Bravo, Sicha ! Tu as très bien appris ta leçon ! s'exclama Nelson, fier de sa fille.

— Grand-mère, l'anaconda mange-t-il les hommes ?

— Malheur au pêcheur qui pénètre dans le domaine de l'anaconda ! se lamenta Rigoberta en levant les bras au ciel. Malheur à l'enfant qui s'est aventuré dans sa retraite !

— Un tel sacrilège a déchaîné la colère du serpent, reprit Nelson. La légende raconte que les eaux se sont mises à tourbillonner sous l'effet de sa colère. Les remous ont englouti l'enfant à tout jamais dans ses entrailles. L'anaconda de 30 mètres de long s'est enroulé autour de lui avant de l'avaler. On ne l'a plus jamais revu…

Je ne pus m'empêcher de poser la question.

— En avez-vous déjà vu dévorer un enfant ?

— Moi, non, pas encore, répondit Nelson. Par contre, mon cousin Manuel, celui qui est marié avec l'agronome, a été témoin d'une attaque mortelle d'anaconda sur un enfant de quatre ans.

— Moi non plus, dit Rigoberta. Je n'en ai jamais vu manger des enfants. J'ai toutefois aperçu un anaconda au bord d'un lac vierge en pleine forêt.

J'avais lu dans un conte amazonien que le mythe de l'anaconda mangeur d'hommes était inscrit dans l'inconscient collectif des Kichwas. La famille Santi venait de me confirmer que l'anaconda existait réellement. Il aurait apparemment été prouvé scientifiquement qu'un anaconda géant puisse avaler un enfant, bien qu'aucun témoignage d'attaque mortelle n'ait encore été étayé avec des preuves à l'appui. Les attaques mortelles d'anacondas relèvent-elles du mythe ou de la réalité ? Je n'étais pas plus avancée sur le mythe de l'anaconda mangeur d'hommes à la fin de cette conversation, mais j'avais au moins le mérite d'en avoir appris beaucoup sur le grand chaman Santi.

Chapitre 13

L'hirondelle

Amauta et Rodrigo n'attendaient plus que moi, la dernière passagère à embarquer. J'allais emprunter le même chemin qu'à l'aller, sauf que je n'étais pas du tout enthousiaste à l'idée de le faire en sens inverse. Si j'avais écouté mon cœur, je serais probablement restée, mais l'expérience m'a enseigné que nous ne faisons pas toujours ce que nous désirons, dans la vie. Je n'étais même pas encore rentrée à Montréal que je ne songeais déjà qu'à repartir…

J'ai serré les dents très fort pour ne pas pleurer. J'ai embrassé Nelson, Sicha, puis Rigoberta contre ma poitrine. Je les ai remerciés du fond du cœur pour m'avoir si bien accueillie dans leur communauté et pour avoir fait de moi une sœur. Mon escapade en Amazonie équatorienne m'a fait connaître une autre façon de concevoir l'Univers ; un Univers où tout est lié par le sens que l'on accorde aux êtres et aux objets, par l'équilibre dans les rapports. Je suis tombée amoureuse de la culture kichwa, car elle m'aura permis de retourner à la nature intime des choses.

Toutes les histoires d'amour sont faites de déchirements. J'ai ressenti un pincement désagréable au cœur, le chagrin de la séparation. Adieu, famille Santi. Adieu Nelson, mon éternel ami. Adieu Sicha, ma petite poupée amérindienne. Adieu Rigoberta, ma marraine spirituelle. Je ne peux malheureusement pas vous emmener avec moi dans mes bagages, mais j'espère bien pouvoir un jour vous accueillir à mon tour. Il est vrai que j'ai perdu mon appareil photo en cours de route... Malgré cela, les plus belles images de mon voyage resteront gravées à jamais dans ma mémoire. Et personne ne pourra me les enlever.

Les dernières paroles de Rigoberta ont bouclé pour moi ce grand voyage culturel en Amazonie équatorienne en ouvrant une large fenêtre sur de nouvelles aventures : « C'était toi, l'hirondelle dont j'ai rêvé ! L'hirondelle est ton animal totémique. Tu es un oiseau migrateur. Tu continueras à porter le message du printemps de continent en continent. Ne t'inquiète pas, petit oiseau. Tu finiras par faire ton nid à la croisée des chemins. »